世界は無彩色でできている。
花も空も季節でさえ、
この目には灰色に映る。
けれども君がそばにいて、
当たり前に笑っていたから、
僕はずっと、大切なことに気づけなかった。
百六十五日。
が残した言葉のすべてが
僕に恋の色を教えたのだ。

CONTENTS

君が残した365日

金《きん》木《もく》犀《せい》は散った

幼馴染の和泉楓《いずみかえで》が死んだのは、ある秋雨の夜のことだった。

前日の天気が嘘のように、輝く陽の光が眼鏡のレンズに反射する。ブレザーのポケットに手を入れ、着込んだカーディガンの袖を伸ばす。視線を地面に向けた先、散った小さな花から石鹼のような甘い匂いがした。金木犀だ。秋に香る特有の匂いに出たくしゃみを手の甲で塞ぎ、顔を上げる。

空に消えていく煙に、その場にいたほとんどの人間が涙を流している。鼻を啜る音だけが耳に届いた。

酷く、現実味がなかった。

最後に会ったのは二週間ほど前、病院の個室だった。

染みひとつないベッドに座り、窓の外を眺めていた彼女はこちらを見てヘラッと笑った。

「なんだ、元気そうじゃないか」

僕がそう言うと、でしょ？　と明るい声が返ってくる。しかし、一年前とちがう痩せこけた姿は、残りの時間を示していた。

「見て」

ベッド脇に置かれた椅子を叩き、座るよう促される。細腕のどこにそんな力があるのかと呆れながらも座り、窓の外に目を向けた。病院の入り口に沿った道に、街路樹が植えられている。

「だからなに？」

伝えたいことがわからず、窓の外を一瞥した後、再び彼女に視線を戻す。楓は、ほらと街路樹を指差した。

「綺麗だよ」

「そう？」

「うん、燃えてるみたいで。心臓にグッとくる色」

彼女が指した木々の色彩が僕にはわからない。生まれながら、色を認識できないのだ。祖父も同じように色彩を認識できない人間だった。視力も悪く、僕の目に映るすべてはモノクロ——色素が薄い灰色で形作られている。

それに対して劣等感を抱くことはなかった。最初から色彩を知らなければ、それが当たり前の世界になる。だからこそ、自分とほかの人間の世界がちがうと知っても、羨望の眼差しを向けることはなかった。

色彩のない世界が当たり前の僕にとって、色はただの概念にすぎず、たとえ視界のすべてが灰色であっても、見ているものは変わらないと思っていた。

ふたつ年上の彼女はそれを昔から知っているはずなのに、いつだって僕を連れ回してはあれが綺麗、これはどんな色など説明してきた。言葉で伝えられても、見たことのないものは想像できない。けれど彼女はやめなかった。

それは、最期まで変わらずに。

彼女の病が発覚したのは約一年半前、僕が高校一年生になる年のことだった。その日、突如として告げられた入院するという事実に驚きながらも、すぐに帰ってくるものだと思った。が、最初は二週間、次に一ヶ月、半年。回を重ねるごとに期間はどんどん延びた。

本人が状態を言わない以上踏み込む気はなかったので、そのうち、本当にやばかったら言ってくるだろう。だって馬鹿じゃないだろうし、なんて都合よく解釈していた。

しかし僕の考えとは裏腹に、五月頃、再入院した彼女は病院のベッドから動けなくなった。外を歩く姿を最後に見たのはいつだっただろうか。けれど彼女は、見て、ダイエット成功だ、なんて言って、顔を歪ませた僕におどけてみせた。

だから僕も、いつもどおりに接した。お節介な幼馴染に対し、少しも変わらぬ自分を見せた。痩せ細っていく姿に心が苦しくならなかったわけではない。楓のことだから、どんな状況でも反転させて、笑いながら元気になりましたなんて言うのだろうと、ただ信じていたのだ。

思えば彼女は昔からそうだった。十歳の頃、ふたりで遊んでいる最中に階段から転げ落ちて骨折したときも、次の日にはギプスをはめ、包帯でぐるぐる巻きになった足を引きずりながら平然とした顔で遊びに誘ってきた。

中学生の頃、当時付き合っていた彼氏に振られた瞬間を僕に目撃されたときは、ショックだなんて笑いながらうちに転がり込み、相手の愚痴を漏らし、次の日には新しい恋を始めると息まいていた。

なにがあっても立ち直り、どんな苦しい状況も乗り越えて笑っている。お節介で前向き、和泉楓はそんな印象の人だった。この先、彼女が誰かと結ばれて幸せになっても、会う度に母親のようにお節介を焼いてくるものだと思っていた。僕にとって彼女は、姉のようで友人のようで、恋人でも家族でもない、言葉にできない存在だ。

だから今日、悲しくて涙を流すだろうと思っていたが、僕は口を開け呆けた顔で煙を眺めていた。

ああ、死んだのか。それだけ。悲しみも苦しさすら感じられない。

明日から彼女がいない日常が当たり前になる。時折呼び出されて病室に行くことも、部屋に転がり込まれることもない。それがストンと、胸に落ちた。

楓はこの世界にいない。その事実だけが脳を埋め尽くしていく。

けれど、涙も喪失感さえやってこない。

「来てくれてありがとうね」

ハンカチを握り締め、憔悴しきった顔で微笑む喪服の女性は楓の母親だ。背後で楓の父親が僕の両親と会話をしている様子が目に入る。みんな目もとを真っ赤にしているのに、僕だけが平然としていた。

「いえ」

「容態が急変して……本当なら今日から一時退院だったのに」

無理に笑顔を作る彼女の母親を見ていられず、目線が地面へ落ちる。

知っている。帰ったらどこかへ連れていけと言われていたから。自宅で安静にできるなら、という条件での退院なのに、どこかへ連れていったら駄目だろう。

金木犀が見たいと駄々をこねていた彼女に、仕方ないから近所を散歩するくらいならいいよと返したのだ。彼女は薄っぺらな端末の画面越しに喜び、約束ねと言った。

冬の訪れを思わせた十月の終わりの秋雨に散った金木犀は今、地面で踏み潰されている。僕らの約束は破られた。

「楓がたくさん迷惑をかけてごめんね」

「いや、そんなこと……」

ないです、と続けられなかったのは、これまでの人生で迷惑をかけられた憶えがありすぎたからだ。こんな場なので気のきいた言葉でも返せたらよかったけれど、残念ながら出ず、それどころか脳内は彼女にかけられた迷惑の記憶で埋め尽くされそうになっている。

「あの子、ずっと夕吾《ゆうご》くんのこと心配してたから」

「お節介……」

思わず漏れた言葉は耳に届いたらしい。彼女の母はくしゃりと笑う。

「本当にね。いくら幼馴染だからって交友関係まで心配するのはどうなの？　ってよく言ってたのよ」

僕は子供の頃から友人がいなかった。今でこそ会話をする程度のクラスメイトはいるが、それでも放課後に出かけたり、連絡を取り合ったりする間柄の人間はいない。それもすべて、僕の視界が常人とちがうことに由来する。

この世界の住民は残酷なことに、自分たちとちがう人間を拒絶する。僕が気にしていなくても、他人は好奇の目を向けてきた。色のない世界なんて気持ち悪い、あいつはおかしい。悪いことなんてひとつもしていないのに、たくさんの拒絶を受けた僕に友人などできるわけもなく、いつしか捻《ひね》くれて、いなくてもいいと思いはじめた。

実際、友人がいなくたって生きていける。けれど楓はそれを許さなかった。会う度に友人はできたか聞かれ、人付き合いはちゃんとしろと言った。幼少期に関しては、僕を引き連れ、自分の友人たちと遊ばせたりもした。

いまだに、彼女がどうしてそこまで友人を作れと口を酸っぱくして言っていたのかわからない。聞く前に死んでしまったので、答えはずっと出ないままだ。

——友達を作れ、ほどほどに恋愛をしろ、愛想よく、卑屈にならず、前を見とけ。

これが、楓が死ぬ直前まで僕に言い続けていた言葉だ。

あまりに言われ続けていたので、さすがの僕も中学二年の頃、一度すべての条件をクリアした。一応の友達、とりあえずの彼女、愛想笑いに前向きな言動と姿勢。ほら、やってやったぞと胸を張ったが、楓は少し眉尻を下げて笑うだけだった。

自分がやれと言い続けていたのに、叶えたら喜ばないのかと文句を言ったのも束の間、疲れた僕はそのすべてを捨てた。

気の合わない人間と一緒にいる時間ほど辛いものはない。恋人だってそうだ。愛想笑いは頬が攣《つ》りそうになったし、前向きな言動も楓みたいに心からは言えない。ついでに姿勢は猫背の方が楽である。

一瞬で元に戻ってしまった僕を指差してケラケラ笑い、ちゃんと継続しろとベッドに座りながら言ったあのときの彼女の気持ちも、ついぞ聞けなかったなと思う。

「あの子と仲良くしてくれてありがとうね」

「まぁ、はい」

歯切れの悪い返事にも柔らかく微笑む姿は娘に似ていた。楓が母親に似ているのだけれど。背後で話していた楓の父親に呼ばれ、母親はそちらに戻り、僕はまたひとりになった。

端末の画面をつけると残されたメッセージが浮かび上がる。既読をつけたまま返事をしなかった、いつもどおりの僕がそこにいた。風が髪を攫《さら》い、実感のない喪失が少しだけ、心になにかを残した気がした。


『楽しみにしてる』

絵文字のついたメッセージを眺めながら、自宅まで徒歩で帰る。行きは両親と車で来たのだが悲哀に満ちた車内の空気に耐えられず、帰りはひとりで帰ると言ったからだ。傷心故の行動だと勘ちがいしたふたりは、快く受け入れてくれた。

本音は、言えるわけもなかった。

電柱の影が伸び、時間の移り変わりを知らせる。色彩が見えないのを不便に感じたことはないが、人々が言う空の色の移り変わりはこの目には映らないのでわからない。

代わりに影の伸び具合や周囲の明るさが僕の判断基準だ。もっとも、現代社会ではこの薄っぺらな端末の画面を見れば一瞬でわかるため、そんなものは必要ないのかもしれないが。

だから空を眺めるという行為がよくわからず、視線はいつも下を向いていた。

『金木犀、散ったけど』

文字を打ち、スライドさせた親指が、送信ボタンを押す前に止まった。送ってなになるのかと思ったからだ。ここでなにを言ったところで彼女には届かない。死は死だ。送信先などどこにもない。

僕は悲しみすら感じていない。ただ彼女がいなくなったんだと思っているだけで。キーボードの削除キーを押し、文字を消していく。画面を暗くしてからポケットに仕舞った。珍しくアスファルトから顔を上げる。空はグレースケールで、いつもと変わらない日常が続いていた。彼女が死んだからって世界が変わるわけもない。

早起きしたからなのか睡魔が襲ってくる。欠伸を噛み殺し、今夜は早く寝ようと考えながら足を速めた。

世界が、変わるのを知らずに。

「私、楓！　和泉楓！　君よりふたつ上のお姉さんだよ！」

初めて見た彼女はボブヘアでショートパンツを穿いていた。楓が六歳になる年だったと思う。泣いている僕を見つめ何度か瞬きを繰り返したのち、僕の眼鏡を奪ってレンズについていた涙を袖で拭い、なぜか顔を綻ばせた。

「隣に越してきたの！」

僕の両手を取り握手をした楓は快活で、男子顔負けのやんちゃさに彼女の母は頭を抱えていた。四歳になったばかりの僕は、彼女にとっていいおもちゃだったのかもしれない。あのくらいの歳の女子は、下の子の面倒を見るのが好きだから。例に漏れず僕は、楓が面倒を見る〝下の子〟となった。

母親のうしろに隠れた僕の腕を摑み、行こうと言って走りはじめた楓は、母親に怒られても僕を連れ回すのをやめなかった。僕の視界が常人とはちがうことを知ると、自分が色を教えると言った。そんなことできるはずもないのに、子供の楓は会う度にさまざまな表現で色を伝えようとした。

「見て！　この色はね――」

当然だが僕にはわからない。でも彼女はそれをやめない。

「しつこいんだけど」

出会ってからいくつかの季節が過ぎ、真っ黒のランドセルを背負った僕は前を歩くご機嫌な彼女に言い放った。

「いくら言われてもわかんないって知ってるだろ」

楓は驚いた顔をしたがすぐさま笑顔になる。なんでだよ、と返したが彼女には意味のないことで、嫌じゃないんだねと言われた。

「夕吾は一回も嫌って言ったことないよ。今もね」

得意げに指差してくる彼女に自分の顔にしわが寄るのを感じた。

「嫌ならやめるけど、たぶんずーっと続けるよ。だって一緒にいるんだから」

「しつこい」

「わかんないのはわかってるんだけど。そうだなあ、なんて言えばいいかな……」

楓は腕を組み、悩みはじめる。そして閃《ひらめ》いたように顔を上げた。

「私が伝えたいの」

自分が見た感動を、喜びを、一番に伝えたいのかも、と言って嬉しそうに笑みを浮かべた彼女は、ひとりできっとそうだと続けながら納得し、再び歩きはじめた。

「花の色が鮮やかでいい匂いがするとか、水がきらめいている様子、肌の色は温かさがあるとか、きっとずっと言い続ける」

「……いつか嫌われるよ」

「しつこくて？」

「そう」

「夕吾以外にはこんなことしてないけどね」

「じゃあいつか俺が嫌いになる。絶対に」

ランドセルの肩ベルトを握り締め平然と言い放つことができたのは、この頃すでに周囲から距離を置かれていたから。人との距離感やコミュニケーションの取り方がわかっていなかったのだ。これを言えば相手が不快になるなどという考えもなかった。なぜなら自分にかけられた不快な言葉の数々は、相手に投げかけてもいいと思っていたからである。

今でもこの節はあるけれど、当時よりは幾分かましになった。関わる前に距離を取ることを憶えただけかもしれないが。

「じゃあいつか、嫌いになる前に言ってよ」

楓は鼻歌を口ずさみ始めた。音楽の授業で課題に出された曲らしい。ため息をついた僕はずり落ちてきた眼鏡を上げる。視界に入ってきた楓の表情は、色などわからないのに輝いて見える気がした。

アラームの音で目が覚めた。手を伸ばし音を鳴らす端末を何度も指で押し止める。ベッドから出ようと思ったが憂鬱で動きたくなかった。昨日は彼女の葬儀で学校を休んだから余計に。

階下から聞こえてきた母の声に寝ぼけ眼を擦《こす》る。眼鏡を捜そうと上体を起こして、ふと違和感に気づいた。

部屋の中が、明るい。カーテンを開けたまま寝たからなのか、それにしても、なにかがちがう。ただ明るいと表現するには異なるこれは、いったいなんだ。眼鏡を手に取り、何度か瞬きをして立ち上がる。

そして窓に近づき、眼鏡をかけた瞬間だった。

「……は？」

無彩の視界に、なにかが混じっている。否、混じっているというより新しく存在している。ベランダの手摺《てすり》の先、上空。建物の隙間に白と黒以外の、なにかがいる。再び目を擦り、瞬きしてもそれは変わらない。

これはなんだ。朝の空は淡い灰色だ。なのに今、視界に見えているものはまったくちがう。雲ひとつなく、透明で澄み渡っていて、手を伸ばせば溶けてしまいそうなほどのこれが。

――空の色だとでもいうのか。

「夕吾！」

母の大きな声はいつもと様子がちがっていた。普段なら起きてこない僕を怒鳴りつけるように呼ぶのだが、今日は少し悲しみがこもっているように感じた。

けれど僕は呆けたまま空を眺めていた。瞬きすら忘れ、奇跡が起きたのかと錯覚する。もしかすると、まだ夢の続きなのかもしれない。だってあり得ないことが起きているのだから。

空が、美しい。この非現実にもうしばらく浸っていたい。叶うことなら夢から覚めないでほしい。けれど再び母の声が響き渡り、仕方なくドアノブに手をかけた。

もし夢であるなら。空色を知ったことを言ったら両親はどんな反応をするだろう。喜んでくれるだろうか。少しばかり興奮した心が足音ににじむ。

軽快な足取りで階段を下り、リビングに入ると、両親が言葉を失ったかのような表情で立ち尽くしていた。食卓に置かれた朝食は手がつけられておらず、父が毎朝飲むコーヒーの入ったカップが倒れ、机の上に中身が零れている。端から落ちる雫が床を濡らしているというのに、ふたりは呆然としていた。

「母さん、空が――」

そう言いかけて、母の手に握られた黒い封筒の、僅かに見えた宛名に自分の名前が書かれているのに気づく。瞬間、これが夢でないことを知り、乾いた笑いが零れた。

「俺、無彩病《むさいびょう》？」

両親の目がより一層、大きく見開かれた。

この世には無彩病という病が存在する。治療法は確立されておらず原因も不明。ただ、発症してから三百六十五日前後で患者は必ず死に至る。死が近づくにつれ視界から色彩が失われていき、最終的に世界が無彩色になるという理由で病名がつけられた。

　僕の目は生まれつき、色彩を映さない。けれど無彩病にはそんなもの関係ないと、以前病院で言われたことがあった。僕が罹患したときに視界がどうなるかはわからないが、無彩病はすべての人間が罹患する可能性のある病だと。

　聞いたときは他人事だと思っていた。そもそも無彩病の患者は極端に少ない。致死率が百パーセントだというのに治療法が確立されていないのもそこに原因がある。世界中で一年に片手で数えられるくらいの人間しか死なないから脅威が小さいのだ。それでも致死率の問題上、学校や職場などの健康診断で一年に一回、色彩のテストが行われる。だが僕の目はそもそも色を認知しない。なので毎年、視力検査のついでに調べてもらっていた。今まではどういう判断で病にかかったのかを検知するのかわからなかったが。

　致死率百パーセント、人間の視界から色彩を奪い、死に至らしめる病。

　それが、空の色を得るという形で自分のもとにやってきた。

「夕吾……」

　母が言葉を失ったままこちらを見ていた。昨日楓の葬儀に行ったばかりだから余計に、両親の絶望した顔があまりにも酷くて、僕は妙に冷静になれた。

「空が、灰色じゃない」

言葉がふたりに届いたとき、先に泣いたのは父の方だった。片手で顔を覆い、肩を震わせ、くしゃくしゃになるほど封筒を握り締めている母の手に触れた。

「夕吾に、こんな風に色彩を見せたかったわけじゃない」

その言葉がすべてだった。母は泣き崩れ、床に座り込む。嗚咽が部屋を包み込み、絶望がこの空間を支配する中、僕は他人事のようにふたりを眺めていた。


「無彩病です」

深刻な顔で病名を告げた老齢の男性は、子供の頃から視覚障害を持つ僕を診てくれている医師だった。声を震わせた両親の隣で椅子に座り、医師の背後にある縦長の窓の外に広がる空をただ眺める。

「人間の目の網膜には錐体《すいたい》細胞というものがあって、この細胞が特定の波長を感じることで脳に情報を伝え、世界の色を認識している」

これが青空というものか。摑《つか》めそうで摑めない、どこまでも遠く広がっていて目が痛くなる感じの色彩だ。見るだけでハッとさせられるような清涼感のある色。人々が足を止め、空を眺める理由がようやくわかった気がした。

「けれど、夕吾くんの目は生まれつき錐体細胞が正しく機能していない。だから色彩を認知することができなかった。錐体細胞は明るいところでは色を認識できるが、暗いところでは判別できない」

――だってこんなにも美しいのだから。

「人は赤、緑、青の三色の錐体細胞を混色して世界の色を認知していく。本来の無彩病はこの錐体細胞が徐々に死滅していき、視界が完全に灰色になったとき、死を迎える。最初に消える色は例外として、基本的には濃い色から徐々に抜けていくように認識できなくなる」

淡々と説明していく医師のグレーヘアが、空との境界線を曖昧にしていた。

「夕吾くんの場合、前例がなく、これからどんな症状が起きるのかこちらも予測がつかない。色彩が見えるようになるのか、はたまた今見えている色は消え、また元の視界に戻るのか」

白衣の裾を払った医師の視線がこちらを向く。両親がなんとかならないのかと縋るも、医師の首は横に振られた。まさに絶望といった様子だが、僕はやっぱり他人事のようにその様子を眺めるだけだ。

治療法なんてない。発症したら一年の猶予を与えられるだけ。静かなる死は、自分にしかわからない音を立て、こちらに迫ってくる。この病が致死率百パーセントという事実は子供でも知っているくらいなのだから、今さらここで医師に縋っても変わらないだろう。

　自分と家族の温度差が不思議に感じられたものの、もし逆の立場であれば必死になっていた可能性も否定できない。もっとも、自分が誰かと結ばれたり結婚したりする未来は考えられなかったが、これで叶うこともなくなった。

「憶測だが、通常の無彩病が濃い色から色彩が薄れていくのなら、夕吾くんの無彩病は淡い色から濃い色を得て、世界が色づいていくのかもしれない」

「と言うと？」

「空の色は淡い水色。つまり青の錐体細胞が関係している。だからこのまま病状が進行すれば、次は青が見えるようになる可能性が高いね」

「そうなると最後に見える色はなんですか？　赤？　緑？」

「それは、そのときにならないと……」

　言葉を失った医師の姿になんとなくいたたまれなくなり、帰ろうと口にした。なにを聞いてもなにを言っても、現実が変わるわけではない。彼も救えるなら救いたいと思っているだろう。けれど救えないから唇を噛み締めているのだ。

　会釈をして、両親より先に診察室を後にする。小さく嘆息して眼鏡を外し、まぶたを閉じて眉間を指でほぐす。再び目を開いた先、霞む視界の中でやっぱり空だけが美しく映えていた。

このまま登校するため病院を出たところで両親と別れ、上だけ見て歩いていたら空き缶に足を取られ転びかけた。

これまでは絶対に起きなかった現象。視線の先で、サイダーの空き缶がコロコロと道の脇に転がっていく。唯一見える色彩の中に気泡が描かれたデザインへ、僕の視線は釘付けになる。それを追いかけてしまったのは仕方のないことだと思う。空き缶には『青春の味！』と書かれていた。

青春という言葉に多くの人が思い浮かべる色彩はこれなのか。まじまじと見つめ、空き缶を拾う。普段なら拾って捨てたりしないのだけれど、今日に限っては別だ。ゴミ箱に捨て、自動販売機の上段のスポーツ飲料にも色彩が宿っていることに気づき、また立ち止まる。

足を止めてばかりだ。本来の目的を忘れかけていた僕は、次こそ立ち止まることなく歩こうとした。けれど灰色だった世界に、色彩は際立っていた。水色が遠くに見えると、どんなにその面積が小さくても足がそちらに向かってしまう。カフェの窓越しに女性の爪が色づいていたのも、散歩中の犬の首輪、バッグの中に入れっぱなしだった参考書、アプリのアイコン、ひとつひとつが視線を捉えて離さない。

なんだかおもしろくなってその場でしゃがみ、顔を上げる。空の青さはどの角度から見ても鮮明だった。

綺麗とはこういうことを言うのだろうか。今まで見たことのない色が顔を覗かせる度、目が輝く気がした。一年後に死ぬのに、心はなぜか躍っている。僕はその後もまるで子供みたいに世界を見て歩いた。

午後から授業に出なければならないのに、足は学校でなく別の場所へ向く。ありとあらゆる角度から空を見て、画面越しでも色彩は変わらないのかと疑問を持ち、写真を撮った。

「真っ青な空って言うけどさ、空色って青じゃないと思うんだよね」

ふいに聞こえた声に振り返ったが誰もいない。ただ風が吹いているだけだ。聞こえたのは過去の彼女の声だった。


「見ている場所、角度で変わると思って。言葉で表現するには難しいんだけど、なんか一色じゃないって思える」

「俺に言ってもわかんないけど」

部屋の中、折り畳み机の向かい側に座る楓は、頬杖をつきながら僕の背後にある窓の外を眺めていた。見慣れた彼女の部屋に僕が居座るとき、彼女は必ず折り畳み机を挟んで座る。自分のセンスでは決して選ばないであろう、キャラクターの描かれたかわいらしいマグカップが目の前に置かれていた。

あの日はなにをしていたのだろう。憶えていないほど当たり前の日常だった。

「時間経過で色が変わるのはわかるけど、一秒ごとに変わってる気がする」

「だからわかんないって」

「不思議だよね」

「不思議なのは、わかんないって言ってる人間に対して話し続けるお前だよ」

持っていたペンで額を小突く。大袈裟《おおげさ》に痛いと言うが、強くした憶えはない。

「どうやったら教えられるかなー」

「無理だ、諦めろ」

「奇跡が起きるかもしれない」

「願って何年目?」

「十年は経ってますね」

「じゃあ無理です」

「えぇ〜、希望を持とうぜ少年ー」

両腕を伸ばし、指の先で僕の腕をつつく彼女にため息をついた。僕は色なんて見えなくてもいいと言い続けている。だってこれが、僕にとっての当たり前だから。けれど彼女は奇跡よ起きろと言ってやまない。相変わらずしつこい。

「いつかさぁ」

机に頬をつけ、言葉を零す彼女は健康体そのもので、病の影なんてひとつも見えなかった。

「色が見えたら、夕吾は子供みたいにはしゃぐかな」

「はしゃがない」

「口ではなにも言わなそうだなぁ。でも行動が子供みたいになると見た」

「ならないって」

「なるよ。だって――」

机に顎をのせてニヤッと笑った楓は、そういう人だもんと言葉を続けた。そんないつかは来ないと言った僕は、やっぱりまた、ペンで彼女の額を小突いた。


けれど、その〝いつか〟が来た。

動き続けた足は止まる。彼女の言葉を思い出した瞬間、あの言葉は当たってたと思ってしまったのだ。なんでわかるんだよと文句を言いそうになったが、伝える先はもうない。

あれほど躍っていた心が静まってしまったため、学校へ向かうべく踵《きびす》を返す。胸が酷く、空っぽに思えた。

「サボり？」

教室に入った瞬間、自分の席に座っていた男子生徒が楽しげにこちらへ手を振ってきた。カーディガンの袖が汚れていて、ポケットの中にネクタイがぐしゃりと乱雑に仕舞われている。上履きの踵は踏み潰されており、だらしなさが前面に出ている彼――小内《こうち》新《あらた》にどけと言い、席を立たせた。

「で、サボり？」

「ちがう。なんでそうなった」

「夕吾が休むイメージなかったから」

彼は人の髪をぐしゃぐしゃにしてくる。手を払っても気にする様子のない新は、どこか楓に似ていた。しかし、彼の手にかかるとすべてのものがぐしゃぐしゃになる。

僕の数少ない友人のひとりである新は人懐っこい笑みが特徴の生徒で、とにかくだらしがない。忘れ物はする、掃除ができない、面倒くさがり、しかしなぜか成績がいいという変わった友人だ。

「ちがうって。用事があっただけ」

「俺、ノート取ってないから諦めてね」

「……終わってるよ、それは」

楓の葬儀で休んでいた間の授業のノートを、彼に求めるのがまちがっていた。本当に取っていないと真っ白なノートを見せられ、いったいいつから取っていないのかと問おうとしたが、聞くだけ無駄だ。

「誰かに見せてもらえば？　委員長ー」

「おい、いいって」

振り返った女子生徒が不思議そうな顔でこちらに向かってくる。ロングヘアに制服を一切着崩していない清楚な出で立ちが特徴的な三上萌枝《みかみもえ》だ。

「夕吾にノート見せてあげて」

「大野《おおの》くんに？　自分が見せてあげればいいんじゃないの？」

「俺のノート」

真っ白なノートを再び開いて委員長に見せた瞬間、彼女の眉間にしわが寄った。そりゃあそんな顔になるはずだ。自分の席に戻り、数冊のノートを抱え戻ってきた彼女はまた僕を呼んだ。

「白紙じゃなんの学びもないと思うから」

「本当にそう、ありがと」

「俺からも言うね、ありがと三上」

新に名前を呼ばれた委員長、三上は髪を押さえ、照れくさそうに笑う。そして、あ、と声を上げた。

「水色が数学でピンクが英語……あっ、ごめん！　今持ってるのが数学で……」

「中見て確認するよ」

名前しか書かれていなかったノートをご丁寧に教えてくれた三上に、再度ありがとうと口にする。

僕が色を認識できないという事実は、一応認知されている。というより、一年のときから知られている。入学当初、当時の担任がホームルームで話題にあげたからだ。向こうとしては親切心でそうしたのだろうが、大事《おおごと》にしたくなかった僕は頭を抱えた。入学してからしばらくの間、僕は好奇の目にさらされたのである。しかし僕の態度が悪かったことから、寄ってきた人たちは次第に去っていった。残ったのはそれを知っても気にせず笑いかけてきた新くらいである。彼とは今年から同じクラスになり、今ではこうして気安く話す仲だが、放課後などに遊んだことは一度もない。

席に戻っていく三上のうしろ姿を眺めながら新が呟く。

「三上は優しいね、しっかりしてるし」

「たしかに三上はいい人だけど、お前がだらしないだけでは……？」

笑ってごまかす新をよそに三上のノートを開いた。丁寧で綺麗な文字だ。人はこんなにも綺麗に字が書けるのかと感心してしまう。僕の知っている女子の字——楓の字は汚かったからなおさらそう思った。

「風邪でも引いてた？　連絡返ってこなかったから」

「ああごめん、普通に返し忘れてた」

嘘だ。彼からの連絡には気づいていた。ただ、返す気が起きなかった。メッセージアプリを開くと彼女のメッセージが目に入るから。

「酷いな、友達の心配を……」

「ごめんごめん」

ノートを書き写しながら適当に返事をする。新はそれでも話し続けているが、僕の応対はより適当さを増していった。

「……で、本当はなんだったの？」

彼が聞いたのは単なる興味だったのだと思う。ここで親戚の用事などと言えばよかったのだろうが、隠す気もなかったので幼馴染が死んだと言った。

するとと先ほどまで聞こえていた彼の声がやみ、僕は視線を上げる。新は気まずそうな顔をしていて、やっぱり親戚の用事と言うべきだったと少し後悔した。

「なんかごめん」

「いいよ、べつに。隠してたわけじゃない」

「幼馴染って、あれ？　二個上の……」

「そういえば会ったことあったか」

ふたつ上の楓は同じ学校に通っていた。といっても彼女が三年生のときにはすでに病に侵されていたので、登校できていたのは五月辺りまで。そこからいろんな人の手を借りて卒業した彼女だったけれど、今はもういない。

「え、なんで死んだの」

「病気。言ってなかったっけ?」

「知らない知らない。夕吾が教えてくれない限り、わかるわけない」

たしかにそうかとうなずく。知らなくてもいいことだから言わなかった。僕としても本当に彼女が死ぬとは思っていなかったので、より言う必要がないと判断していた。

「あの、美人が……」

「美人か……?」

「あんなに美人の、しかも年上の幼馴染がいるなんて羨ましいって、ずっと思ってたのに……」

ショックを受けている新は僕よりもずっと悲しんでいる気がした。なんでお前そんなにケロッとしてるんだと言われ、なんでだろうと返す。自分でもよくわかっていないのだ。

「聞いてごめん」

彼の言葉に、べつにと返し、再びノートを写す作業に戻る。

「じゃあ、今日遅れてきたのも……」

「いや、それは別」

「そっか」

前の席に座る彼に無彩病だと伝えるために開きかけた口が固まった。

真実を伝えるか迷ったからだ。伝えてなんになる。一年後に死ぬ実感も、悲しみすらないのに、ここで伝えたら彼はあまりいい気分にならないのではないだろうか。

とはいえ、つい数日前ならためらわず言っていたであろうことを言葉にしなかった理由が自分でもわからず、小さくため息をついたが彼の耳には届かなかったようだ。

窓の外に広がる空を一瞥し、再びノートに視線を戻した。


「見えない」

午後四時半の空は灰色だった。眼鏡をかけ直し、歩き慣れた階段を下り最寄り駅の改札を出る。時間経過により移り変わった秋の空はいつもどおりの灰色で、色味なんてなにもない。それを少しばかり残念に感じた。下を向き、足を速める。死の足音など聞こえもしなかった。

一年後の世界はどうなっているのだろう。この視界が色彩であふれ返るのか。知らない色を見て、その度に子供のように目を輝かせるのだろうか。死と引き換えに色彩を手に入れるなんて皮肉にもほどがある。

けれど死に対してそこまでの恐怖もないのが今の僕だ。死にたいわけじゃないけれど、生きたいと願ったわけでもない。ただ身体は酸素を求め二酸化炭素を吐く。それを繰り返しているだけ。明日突然死にますって言われても、きっと最後の最期まで実感がないのだろう。

やりたいことはない。なりたいものもない。進路も未来も適当に。なんとなく、それっぽく。ただそれだけで生きてきた。

目的を探せと言われても、夢を持てと説かれても、簡単に見つけられないような人間だ。そもそもこの歳で将来のことを明確に決めている人間がどれくらいいるのだろう。意識が高くてすばらしい限りである。僕には到底できそうもない。

たぶん新は決まっていないだろうけど、三上はしっかりしているから決まっていそうだ。そんなことを考えながら自宅に向かっていたとき、見慣れたうしろ姿が目に入った。

「おばさん」

振り返った女性は昨日会ったばかりの楓の母親だった。相変わらず顔はげっそりしており、悲しみは癒えることを知らない。僕に気づいたおばさんは弾かれたように目を見開き、僕の名前を呼んで近づいてきた。

「え、なに……」

鬼気迫る様子に思わず後退りしてしまう。両肩を摑まれたとき、彼女はよかった会えたと安堵の表情を浮かべた。

「会いにいこうと思ってたんだけど、昨日の今日で迷惑じゃないかしらと思って」

「いや、全然。なにか用でも？」

「ええ、渡したいものがあって」

肩にかけられたトートバッグから一冊のノートが出てくる。両手で持ち、差し出してきたおばさんの顔が曇った。

「私たちが持っていてもいいんだけど、たぶんあの子なら夕吾くんに持っていてほしいと思うだろうから」

真っ黒なノートだった。サイズはB5くらいだろうか。表紙にテープが貼られ、その上に文字が書かれている——楓の字だ。

「嫌だったらいいの。でも、もしよければもらってくれる？」

伸ばした手が止まったのは、楓の字が汚かったからとかではなく、書かれた文字に息が止まるような感覚を憶えたからだ。

『元気になったらやりたいことリスト』

言葉をなくした僕におばさんは苦笑する。こんなの困るよねと言い、ノートをバッグの中に戻そうとしたが、僕は反射的にその手を摑んだ。

「もらい、ます」

「本当に？」

「はい。おばさんが俺に持っててほしいって思うなら、それが正解なんじゃないかなって」

なにが正解だ。口から出た言葉に自嘲する。けれどおばさんの唇は柔らかく弧を描き、僕の手にノートを握らせた。

「ありがとう」

両手に収められたノートを見て満足そうな顔をして、おばさんはまたねと言って去っていく。

道の真ん中に取り残された僕は背後から聞こえた自転車のベルの音で我に返り、端に寄る。視界の隅を自転車が通り過ぎたとき、ようやく指が動いた。

ノートをめくり、中を見ていく。

罫線のないページ一枚に三個ほど、シャープペンシルで楓の大きな字が書かれている。肝心の内容はというと、どうしようもないほどくだらないものだった。

「カップラーメンを食べる、生クリームを吸う？」

呆れた声が口から出た。くだらないリストが続き、次のページも、そのまた次のページもそれが続いていく。いったいこれがなんだというのだ。というか、やりたいことがしょうもなさすぎる。けれど、テーマパークに行く、旅行へ行く、など彼女が叶えられなかった願望が目に入り、ページをめくる手が止まった。

　これ以上見ると文句を言いそうになったからだ。

「……俺にやれって？」

　乾いた笑いが込み上げる。おばさんも人が悪い。たぶん、楓なら自分のできなかったことを僕にやらせるとわかった上で渡してきたのだ。

　たしかにまちがいではない。彼女はそういう人間だった。

「なんだそれ」

　ふと目に入ったページに書かれていた言葉がなぜか『青空を見ること』で、病室で何度も眺めていただろうとツッコミを入れてしまう。時折おかしなことが書かれたノートを閉じ、瞼の裏にいる彼女に問いかけた。

「やれってことかよ……」

　返事なんてない。ただ彼女は、いたずらが成功した子供のような顔でうなずいた。

　ああ、もういないけれど。きっとそうやってうなずくのだろうな。

　なんならこうも言うはずだ。

「たくさん面倒見てきたんだから、これくらい叶えてよ」って。

目を開いた先、踏み潰された金木犀の花が視界に入り、いいよと口にした。

「やるよ」

やりたいことなんてなにもない。未来も夢も希望も、持ち合わせたことはない。残り一年、やることなんてなく、ただ過ぎる時間に身を任せるだけだと思っていた。けれど今。どうせ人生が終わるならひとつくらい、なにかを成し遂げてもいいのではないかと思ったのだ。

僕ではなく、先に死んだ彼女のやりたいことを。

――残り三百六十五日。

僕の最期の一年は、彼女の願いを叶えるための時間だ。

空の色は目が冴えるほど鮮やかだ

一、ソファに寝転がってポテトチップスを食べ切る。
「夕吾！　ソファでお菓子広げないでよ！」

母の声に顔を向ける。背もたれから覗いた母の顔は怒っていて、僕は大袈裟に両手を上げた。袋を開き、食べやすいよう広げられたポテトチップスの破片がソファの隙間に散らばっている。

服の袖で指を拭き母の文句にうなずきながら、いつもそんなことしないじゃないと続いた言葉に、たまにはやってみようと思ってと適当な言い訳をした。

食べていたのはコンソメ味。楓が好きだったメーカーの商品である。最後の一枚を口に放り、ゴミを丸めて母から逃げるように階段を駆け上がり部屋へ飛び込んだ。
二、登校前にコンビニに寄り、コーヒー片手に颯爽と登校。
「夕吾なんでコーヒー片手に登校してんの？　格好つけてんの？」

「あー、コーヒーが飲みたい気分だったから？」

席に着いてからホットコーヒーに口をつける。苦みに思わず顔をしかめると、新がなんで買った？　と訝しげな視線で訴えてきたので、理由があると返し、もう一度口をつけた。

これが大人の味というなら、僕は子供のままでいいと思いながら。

三、スマホゲームに課金する。

朝、コンビニに寄ったときに買った千円分のプリペイドカードの裏面を削り、コードを端末に入れていく。夕吾が課金？　と言いたげな新の視線を無視し、暇つぶしでやっていたパズルゲームに課金したが、とくに買いたいものもなく適当に有料アイテムを買って千円分を使い切った。

四、放課後ハンバーガーを食べにいく。

「あー、新」

「なにー？」

「この後予定、ある？」

初めて友人を遊びに誘った。新は目を見開き言葉を失っていたが、すぐに表情を変え、にんまりと笑みを浮かべる。僕の肩に腕を回してどこに行く？　と聞いてきた彼に有名ファーストフード店の名前を伝えると、これまた驚いた顔をして歩き出した。

店に着き、新が注文しに行っている間、席に座り買ったばかりの蛍光ペンでノートに線を引く。見えるかと思ったけれど、この目にはまだ灰色に映る青色と呼ばれる色がシャープペンシルで書かれた文字を滲ませ、キュッとペン先が音を鳴らして句点を色づけた。

「混んでるわー」

トレーふたつを手に戻ってきた新に短く感謝の言葉を述べ、ノートを鞄に仕舞いひとつを受け取った。ハンバーガーとポテト、ナゲットにコーラとは、数時間後の夕食が心配になる量だ。向かいに座った彼のトレーにも同じ量の食事が置かれていたが、大食漢の新にはこれはおやつ代わりだろう。

「にしてもなんでいきなり？」

「行きたくなったから」

「ほーん」

ポテトをつまんだ彼に釣られ同じようにポテトをつまむ。まだ温かいそれは、カリッとした食感にちょうどいい塩味で手が止まらなくなりそうだった。

「俺はいいけどね、夕吾と放課後遊んだりしたかったし」

「……もっと前に言ってくれたらついていったかもしれない」

「ないない。だってお前、いつも学校終わったらすぐ帰るもん。じゃあねって言い切る前に消えてるんだから、誘うに誘えないでしょ」

一年生のときは単純に他人と慣れ合う気がなかった。目のことで好奇の視線にさらされてからはなおさら、誰かと必要以上に仲良くなるのを心のどこかで恐れていた。ちょうどいい距離感でいられれば、嫌な思いをすることはないから。

でも新は気にしなかった。自分の口から世界が白黒でできていることを伝えても、彼は興味なさげにそっかと言っただけだった。

それ以来、気の許せる友人となったのだが。

「楓だ。楓がいたから」

「あー……ごめんなんか」

「なんだよ、べつに気にしてない。二年になってからはだいたいそうだ」

ハンバーガーの包みを開けかぶりつく。身体に悪そうな味は若者を虜にする成分でも入っているのだろうか。楓は入院中、高頻度でハンバーガー食べたいと呟いていた。

一年の終わり頃から、彼女の呼び出しが増えた。学校帰りにこれを買ってこいとか、暇だから来てとか。最初こそ寂しいのだろうと思い、足を運んでいた。

僕のわずかな良心が彼女のもとへ足を向かわせたのだと思う。そのうちそれが当たり前になって、僕の放課後のほとんどは一時間にも満たない面会時間に割かれていた。

けれど、それももうない。

今日、ひとりで行く選択もあった。それでも彼を誘ったのは、人生の残り時間を知っているからか、楓のもとに行かなければ育めていたかもしれない友情を、今になって育もうとしているからか、自分でもわからなかった。

気の許せる同性の友人と他愛もない話をしながら放課後遊ぶのは、こんなにも有意義なのかと十七歳で初めて知った。学校であったこと、噂話、流行やネットで見た情報の共有。きっと振り返ったときにはくだらなすぎて内容を忘れてしまうだろうが、他愛もない話をして笑い合った日常があったことは忘れないだろう。

ふいに新の左手首についているミサンガの色が目に入り、口角が下がった。

空の色だった。鮮やかで曇りのない、彼に似合う色。誰かにこの色が似合うなんて感じる日が来るとは思わなかった。

「どうした？」

ストローをくわえたまま聞いてきた新に、なんでもないと返す。いい色だ、お前に似合ってるよとか言えればよかった。

でもそれを口にした瞬間、彼は違和感に気づくだろう。色彩の見えない僕が、突然見えるようになったなど、いくら適当な彼でも追及してくるにちがいない。

「ミサンガなんて着けてた？」

「着けてたよ、結構前から」

「洗ってないってこと？　汚――」

「それすべてのミサンガ着けてる人間に怒られるよ」

「オッケー、やめとく」

ハンバーガーで口をふさぐ。これ以上話すと余計なことを言いそうだったからだ。新はファッションだよと笑うが、それにしたって大切そうにしているように見えるのは気のせいだろうか。わざわざ話を掘り下げるのもキャラじゃないので食べることに没頭しようとした、そのときだった。

「まじでやばくない!?」

笑い声と大きな足音が階段から近づいてくる。目に入ったのは僕らと同じ高校の制服を着た女子数人だ。けれど制服は着崩され、同じとは思えなかった。

一番前にいた髪の色が薄い女子生徒に見憶えがあり、思わず顔が引き攣《つ》る。派手な金髪だと新が笑ったから、女子生徒の髪色は金なのだろう。長い髪に睫毛、化粧をして決め込んだ彼女は隣のクラスの矢《や》沢《ざわ》茉《ま》怜《れ》だ。一軍女子と言われるような、派手な生徒。つまりギャル。僕とは縁遠い世界で生きている人間である。

僕は彼女が苦手だった。合同授業で話したこともないのに、冴えない男だと笑ってきたのだ。僕が冴えないのは今に始まったことではないが、それにしたってひどい。

視線を逸らしたが新の笑いに気づいたらしい。彼女は机を叩いて笑みを浮かべながら、悪口？　と彼に声をかけた。

「いや？　派手だなぁって思っただけ」

「馬鹿にしてるようにしか聞こえないんだけど」

「してないって、ねぇ？」

こちらに同意を求めてきた新へ返事をする前に、彼女がこちらに向かって、冴えない男じゃんと言った。

「は？」

「隣のクラスでしょ？　名前知らないけど、新と仲良いの意外」

「お前、こいつと仲良いの？」

彼女の発言にやっぱり失礼なやつだなと思いながら、新に問いかける。

「矢沢？　去年同じクラスだったよ」

じろりと新を睨んだ矢沢だが、彼には効かぬようでなぜか僕を睨んでくる。巻き込まないでくれと視線を向けるも彼は知らぬふりだ。

「なんでこんなのと仲良くしてんの？」

「俺のこと言ってる？」

「あんた以外に誰がいんの？」

なぜか矛先がこちらに向いた。遠くから見ていたときは気づかなかったが、顔が整っている。化粧のおかげもあるだろうが、鼻筋が通っていて目は大きい。

でも、だからどうした。

苛立ちを憶えた僕は、お前に関係ある？　と返した。すると彼女は顔を赤くしてダサ眼鏡と言ってきたので僕は思わず低い声で、は？　と口にする。すると一度たじろいだ彼女がまたなにか言おうとしてきて、口喧嘩が始まろうとしたそのとき、間の抜けた声がそれを制した。

「まぁまぁ。ごめんね、夕吾。矢沢は口が悪い」

「ちょっと！」

「夕吾ほどじゃないんだけど悪い」

「さりげなくこっちまで刺すな」

「矢沢、こいつは大野夕吾。眼鏡を外すとかなりのイケメン」

どんな紹介の仕方だ。呆れて額に当ててた手で前髪を掻き上げる。すると矢沢の眉間にしわが寄り、新は言ったでしょと得意げだ。顔がいいなどと言われた例《ためし》もないし、このタイミングでは喜べるわけもない。

「ほら、ごめんなさいして」

「なんでうちが言わなくちゃいけないの！」

彼女の言葉にむっとして、思わず口を挟む。

「そりゃそうだろ、お前から言ってきたんだから」

「夕吾ー、ちょっと黙っててー」

頬を子供のように膨らませて拳を握り締め、プルプルと震えた矢沢は、もういい！と言い放ち階段を下っていってしまった。残された彼女の友人であろう女子生徒たちは困惑していたものの、離れた席で食事を始める。

「なんだあれ」

食べ終わったハンバーガーの包み紙をぐしゃぐしゃにして頬杖をつく。新はなんだろうねと言いながら僕のポテトに手を伸ばした。全部食べたら夕食が入らないだろうと思った僕は彼の方にポテトを寄せる。

「まぁ、悪い子ではないんだよね」

「あれが？」

「意外にも。口喧嘩弱いし」

「だからさっき止めたのか？」

「だって夕吾と口喧嘩したらまちがいなくお前が勝つでしょ。矢沢はたぶん子供みたいに泣くから、ここでそうなったら面倒だなって思って」

たしかに、彼に謝れと言われたときの矢沢はしかられた子供のようだった。見かけは派手に装っていても、中身はちがうらしい。

「よくわかるな。お前なんかしたの？」

「矢沢に？　うーん、べつに？」

「本当か？」

「うん、本当に」

新の言葉に僕は黙る。たとえなにかあったとしても、僕に聞く権利はないと思ったからだ。僕にだって話していなかったことがたくさんある。話すのをためらっていることも。隠しているわけではないが、伝えなくてもいいと思っていることだってある。楓がいい例だ。わざわざ彼に言わなくてもいいこと。僕だけが知っていればいいことというのはあるのだ。

でも、不思議となにがあったのか気になるのは、野次馬根性がいつの間にか芽生えたからなのか。それとも友人だから教えてほしいと思ったのか。

そのどちらなのかは、判断がつかなかった。

ただ、なんとなく。僕はいつか、彼に病のことをちゃんと伝えなければならないと心のどこかで決めた。

十五、クレーンゲームで景品を取るまで帰れません！

楓のリストを実行するようになり二週間が過ぎた頃、僕の視界にはさまざまな青が顔を出しはじめていた。朝の空と昼の空の色が僅かにちがうことを知ったのは、ふとした瞬間にこれまで見えていなかった時間が色づいたから。

朝、夕方、夜で空の色彩は変わらないものだと勝手に思っていたが、どうやらちがうらしい。だからといって、朝の空と昼の空がどれだけちがうのかを言葉で表現するのは難しい。なぜなら二週間前まで色彩など知らなかったから。赤子よりも色に関しての理解がないのだ。

世界はずっと無彩色で、ちがいは濃淡だけだった。けれど今はどうだろう。まだ明るい青系統の色しか見ることはできないが、無彩色の視界に映るそれにハッとさせられる。色を見て気分がよくなることなどあり得ないと思っていたが、少しばかり楓の気持ちがわかった気がした。

楓は昔から色彩に敏感だった。僕が色を見られないからというのもあったが、彼女自身が季節によって移り変わる世界を見るのが好きだったのだ。普段の彼女からは想像しづらかったけれど、情緒がある人間だったのだと思う。

いつだって瞳は輝いていて、昨日とちがう世界に喜びを抱いていた。花の色なんて僕にはわからないけれど、濃淡で区別しろと言ってきたことは昨日のことのように思い出せる。

今日も今日とて蛍光ブルーのマーカーでリストを潰していく。が、十五番目を見た瞬間、顔が歪んだ。このときの気持ちを言葉にするとしたら〝なに言ってるんだこいつ〟このひと言に尽きる。

「クレーンゲーム得意？」

僕の言葉に新は首を傾げた。突然なにを言ってるんだと言わんばかりの表情である。いい、わかっている。僕も同じことを思っている。

「クレーンゲームに得意も不得意もある？」

「わからん。少なくとも俺は得意じゃない」

「俺もかなー、あれって全然取れなくない？　お金だけ持っていかれるし」

「そのとおり」

頬杖をつき、指で机を叩く。イライラしてる？　という新の問いかけにそこまでと返したが、実際はイライラしている。

「ていうか最近なにしてるの？　夕吾」

「なにが？」

「すごい変わったじゃん。放課後出かけるのもそうだし、なんか明るくなった」

「そう見えるかー？」

両腕を伸ばし机に突っ伏す。カーディガンの裾から冷たい風が入ってきて身震いした。まだ秋だが季節は冬に向かって進みはじめていた。彼女が死んでからそう時間は経っていないのに、世界は待ってくれない。僕の時間も勝手に進んでいく。足を止める気もないけれど、こうやって目の前から去った人は過去になっていくのだろう。

　きっと、僕も同じように。

「これだよこれ」

　立ち上がった新が僕の机の中からノートを取り出した。おい、と止めるも時すでに遅し、彼の手にリストが渡ってしまった。

「最近ずっとこのノートばっかり見てる」

　なになに、とノートの表紙を見た新はまた首を傾げる。それもそうだろう、〝元気になったらやりたいことリスト〟と書いてあるのだ。首を傾げない方がおかしい。

　彼の手からノートを奪い取ろうと一瞬思ったがやめた。いい機会だと思ったのだ。この二週間、ずっとリストを埋めるために彼を利用していたから。これがなかったら、放課後に出かけようなんて言わなかったかもしれない。

「なんで蛍光ペンで線引いてるの？　夕吾見えないじゃん」

「そこ？　内容じゃなくて？」

「なにこれ。ソファに寝転がってポテトチップスを食べ切る？」

「本当になになにこれだよな」

蛍光ペンで線を引かれたところを読み上げていた新は、納得したようになるほど、と呟いた。

「変わった理由はこれか」

「……なんとでも言え」

「べつになにも言わないけど、俺地味に利用されてたんだ、笑える」

「あー……言わなかったことは、謝る」

「いやいいよ。なんにせよ楽しかったことには変わりないし。むしろこれのおかげで遊ぶ気になってくれたことが嬉しいね、俺は」

どこか誇らしげにこちらを見る彼に、そうだこいつはこういうやつだったと思い出した。彼が怒ることなんてほとんどない。いつだって物事を前向きに捉えるのが彼の長所である。リスト万々歳、とノートを掲げた彼に僕は苦笑する。

「それ、楓の置き土産」

「え」

慌てて返してきた新は、遺品なら先に言えと腕を叩いてきた。

「大事なもの！」

「そこまで？」

「そこまででしょ、なんで夕吾はその辺り疎いんだ」

「だってただのノートだろ」

「楓さんの書いた字はもう見られないでしょ」

その言葉にハッとさせられた。

綺麗とは言えない彼女の字を、もう見られないと言ってもここにある。彼女の家に行けば、自分の部屋に戻れば、なにかしら彼女の書いた字が存在する。だから楓の書いた字を特別大切だと思っていなかった。

でも、彼女の書いた字はもう増えることがない。新しい言葉は綴られない。そんなこと、当然なのに思い知らされた気分だ。

「たしかに、そうか」

「だろ？　大切にすべきだと思うよ」

「わかった」

リストを見つめながら心に穴が開いた気がした。小さな穴だ。違和感に気づいたが無視をする。そこで、新が口を開いた。

「十五番目をクリアするためにクレーンゲームしようって？」

「そう」

「ちょうど昨日バイト代が入ったからやってやろうじゃないか」

腕を組み、えらそうにこちらを見てニヤリとした彼に、ありがたき幸せと口にして大袈裟に頭を下げてやった。

「あー取れない!!」

「まただよ、ふざけてるだろこのアーム！　もっと、ガッと、グッて入って落ちろよ！」

男子高校生がふたり、ゲーム台の前に張りつき文句を言いまくる姿はお世辞にもいい光景とは言えないだろう。普段怒らない温厚な新が、僕より文句を言っている始末である。

何度挑戦しても、アクリル板の向こう側にいる人気アニメのキャラクターフィギュアは一ミリも動かない。

「あれか？　持ち上げるのが駄目なのか？」

「ずらすってこと？　横に入れて？」

「こう、グイッて」

身体で表現しながら場所を変わる。一回ごとに交替でプレイしているが、果たして意味があるのだろうか。ここに入ってきたときに両替した硬貨をボタンの横に積み上げていたはずだが、いつの間にか少なくなっている。すでに三千円ほど使っているけれど、買った方が安いかもしれない。

「もう買おう、いい、取れたことにしよう」

「リストやるんじゃなかった!?」

「絶対買った方が安い、俺はそう思う」

何度目の正直だろうか。新のフィギュアを横にずらす作戦により僅かに傾くも、本当に僅かで落ちはしない。叫びながらしゃがみ込む彼に僕も眼鏡を外し、眉間をつまむ。終わりが一向に見えない。

なんでこんなことを書いたのか。たぶん楓のことだから、たいして考えもせず書いたのだろう。取れたらラッキーくらいの感覚で。

「ほかのやつにする?」

「でもここまでお金費やしたのに次にやった人が一発で取れたら、俺はもう立ち直れないよ」

絶望した表情の新に、たしかになとうなずいてしまう。そもそもフィギュアを狙ったのがまちがいだった。もっと軽いものを選べばよかったのだ。

ゲームセンターに来て新が、せっかくだから楓さんの好きだったものを狙おうと提案してきたので、僕は脳の引き出しから思い出を引っ張り出した。

病室で暇をしていた彼女がよく見ていたアニメキャラクターが浮かんだ。女性が好きであろう、イケメンのキャラクターだ。あれだと言った次の瞬間、新は意気揚々と取ってやろうと腕をまくった。

それが三十分前のことである。

「攻略動画はないのか……ちょっと調べる」

僕よりずっと白熱した新は、一度冷静になってパフォーマンス力を上げてくると言いその場を離れたが、たぶん上がらないだろうとため息をついた。

ひとり残された僕は腕を組んでキャラクターを睨みつける。ここまで来ると、このキャラクターが嫌いになりそうだ。でも取れないのは悔しい。どうにかして取れはしないだろうか、とさまざまな角度からフィギュアを眺めていたそのときだった。

「あ!!」

「あ?」

背後から聞こえた甲高い声に振り返ると、そこには矢沢茉怜がいた。髪をひとつに結び、ストライプのジャケットを着ている。胸もとについているロゴで、彼女がここで働いていることを察した僕はどうにかして交渉できないかと考えたが、矢沢が聞いてくれるとは思えなかった。

「あんた、この前の！」

「……どーも」

明らかに不機嫌な顔で反応した僕に対し、矢沢はなぜかたじろいだ。

「なんでいんのよ」

「いちゃ悪いのかよ」

「新も？」

「今、席外してる」

「やっぱいるんだ」

興味なさげにクレーンゲームのアクリル板を開き、ほかの景品の位置を直す彼女を横目に再びフィギュアを睨みつけた。

「……いくら使ったの？」

「三千円超えた。買った方が安いだろこんなん」

「それゲームセンター限定だからほかに売ってない」

「まじかよ……」

非売品だ。下手したら三千円より高い価値がつく。百円玉を数枚入れ、再びプレイする僕の姿を矢沢はなぜか見ていた。アームを動かすと、矢沢がちがうと口を挟む。

「ちょっと黙って、集中してる」

「それじゃ取れない」

「うるさいな」

アームはフィギュアをかすめただけで、僕はあと一回分の硬貨を握り締める。これを使い切ったら四千円を超える。

さすがにもう潮時じゃないだろうか。リストは今すぐにクリアしなくてもいいだろう。順番を守る理由もない。できるときにするべきだ。

「あんたなんかにユー様取られるの嫌なんだけど」

「ユー様？」

「知らないで取ろうとしてんの!?」

フィギュアのキャラクターについて、嬉々として語りはじめた矢沢に思わず引いてしまった。アニメを見るような人間だと思っていなかったけれど、熱烈に魅力を語っているところを見るに本当に好きなのがよくわかった。

「アニメ見るんだな」

「悪い？」

「べつに。イメージなかっただけ。ていうか俺が欲しくて取ってるわけじゃないし」

「新が欲しいって言ったの？」

「ちがう」

「はぁー？」

言葉の節々に棘を感じるがもう気にしないことにする。僕だって仲良くする気はない。とりあえずこれを取ればおさらばだ。二度とこのゲームセンターには来るものか。

アクリル板を睨みつける僕を見ていた矢沢は、大きなため息をついた。

「どいて」

「はぁ？」

「いいから、どけ」

　彼女に押されて台の前から離れる。矢沢はポケットから鍵を取り出し、アクリル板を開け景品の位置を変えた。

「上からアームで押し込め。ここ」

　取りやすいよう斜めに置かれた景品の箱の上部、丸いシールを指差した彼女はアクリル板を戻し、鍵をかける。

「この赤いところ」

「赤いところ……ああシール」

「は？」

「なに？」

　訝しげな視線を向けてきた矢沢の目は、もう何度見たかわからないものであった。

瞬時に言いたいことがわかり、頭を掻きながら目を逸らして答える。

「色。俺には見えない」

「……あぁ！　あんたが一年のとき話題になってたやつ！」

「そー、それ」

なるほど、とひとり納得する矢沢を放って硬貨をポケットから取り出す。またなにを言われるのかわかったものじゃないからだ。けれど矢沢はアクリル板を軽く叩いた。

「なに」

「感謝は？」

「はぁ？」

「動かしてあげたんだけど」

色が見えないという話題には興味がなかったのか、矢沢は景品を動かしたことに対する感謝を求めてきた。拍子抜けした僕は何度か目を瞬かせたのち、感謝の言葉を口にした。

「……ありがとう」

「指導してあげるから早く」

促されたタイミングで新が戻ってくる。矢沢は目を見開いたが新はとくに驚いた様子もなく、やっほーと手を振った。

「取りやすいようにしてもらったの？」

「なんかここを押し込むといいらしい」

「まじで？　これで取れたら俺たちの金が報われる」

　矢沢はしばらく僕たちの会話を聞いていたが、早くと急かしはじめる。

「新がやってよ」

「俺？　いや、夕吾だよ。そもそもこれは夕吾が取らなきゃなんだし」

「なにそれ」

「いろいろあるの、いろいろ」

　硬貨を数枚入れると音楽が鳴り始める。矢沢は不服そうな顔をしながらも指示を飛ばしてきた。もっと前、そこを寄せろ、と終始命令口調だったが、取るためには仕方ないので我慢し彼女の指示に従った。

「そこ！」

　ひと際大きな声を上げた彼女に反応し、降下ボタンを押す。

「頼む頼む頼む!!」

　念を送る新に対し、僕はアームの先を注視する。箱の先に当たり押し込まれたフィギュアは、ガコッと音を立て――落ちた。

「やったー!!」

　思わず新とハイタッチをする。俺たちやったぞと背中を叩いてくる彼の背中を同じように叩き返す。四千円のフィギュアは、受け取り口に落ちていた。

　新が箱を手に、見ろ！　と叫ぶので僕らは興奮したまま箱を持ち上げる。矢沢は呆れながら再びアクリル板を開け、新しい景品をセットした。

「新、欲しい？」

「いらない。夕吾にあげる」

「お金は？」

「今度奢ってくれたら許そう」

僕に箱を押しつけ、トイレ行ってくると走り去った新に唖然とする。欲しくもないのにお金を出して付き合ってくれた彼に驚きを隠せなかった。人がよすぎるだろうと思うも背後から、新はそういう人間だよと声が聞こえ納得してしまった。

「物欲がないから、ゲームは楽しむけど景品はいらないタイプ」

「詳しいな」

「まぁ、去年もこんなようなことしてたから」

景品を入れるためのビニール袋を押しつけてきた矢沢に軽く礼を言い、袋に入れた。景品をチラチラ見てくる彼女に、なんだよと言ったがべつにと返される。次の言葉を発しようとしたが、いつもひと言余計なんだよ夕吾は、と楓の声が聞こえた気がして開いた口を閉じる。

「それ誰にあげるの？」

口を開いた矢沢は景品を指差す。僕は言葉に詰まった。

そうだ、取ってもあげる相手はこの世にいない。

楓の両親に渡すのもいいが、悲しみを助長させるかもしれない。

だからといって僕はこのキャラクターをよく知らない。楓が見ていたから軽く知っているだけだ。部屋に置くのも考えたが、そう遠くない未来で死ぬのが確定しているのに、ものを増やすのはいかがなものか。

視線の先、矢沢が相変わらず不機嫌そうな表情でこちらを見ており、溜息がこぼれた僕は袋を差し出した。

「やる」

「え」

「好きなんだろ、やる」

「はぁ？　誰かにあげるから取ったんじゃないの？」

首を横に振る。矢沢は意味がわからないといった顔だ。

「もう意味ないから」

「どういうこと？」

「とにかく、お前のおかげで取れたし、好きな人間が持ってる方がいいだろ」

新も文句は言わないはずだと言い切り、彼女の手に握らせる。矢沢は困惑していたが、僕は床に置いていた鞄を背負いその場を後にしようとした。

踵を返した直後、うしろからかけられた声に振り返る。

「うち、お前じゃないんだけど」

「知ってる、矢沢」

「……ありがとう大野」

名前を憶えていたのか。驚いた僕に彼女はいたずらな笑みを浮かべ、景品を抱きかかえた。その姿に目を惹かれてしまったのは意外だっただけで、それ以外に理由などない。ただ、さっきまで険悪だった空気が、少しだけ和らいだから。苦手だと思っていたタイプの人間が、実はいい人だった。それだけの話だ。

その場を離れトイレまで新を迎えにいく間に、リストの十五番に蛍光ペンで線を引きながら、楓だったらどんな顔をしただろうかと考えていた。


枯葉が粉々に砕け散る音が耳に入り、足を止める。靴の裏を見れば欠片《かけら》になった葉が音もなく地面に落ちていった。顔を上げ、枯葉を払うように靴裏を地面に擦りつけてから歩きはじめる。季節は冬に近づいていた。

「以前、憶測で話した内容が当たっていたみたいだ」

真っ白な病室で深刻な表情をした医師が言う。僕は向かいに腰かけ、椅子を左右に回転させながら話を聞いていた。医師は辛いねと声をかけてくるが、辛いから椅子を回転させているわけではない。ただ退屈なだけだ。これでも真面目に聞いているふりをしているのに、傷心していると勘ちがいされたらしい。

「通常の無彩病は視界がゆっくり灰色に、白黒の世界になっていく」

指示棒で指した先、モニターに映っているのは風景の写真だ。なんてことのない日常を切り取った写真が二枚並べられている。右側の写真の空が青いことはわかる。そしてそれをもっと深くした、黒に近いけれどどこかちがう紺色という名前の色の看板が目に入る。左側の写真に色彩は見えないから、おそらくこちらが無彩色だろう。

「こんな風に」

右側の写真の色彩はどんどん淡くなり灰色に近づいていく。やがて紺色は消え、黒に近い無彩色に変わって左側と同じになってしまった。

「けれど夕吾くんの視界は逆で色づいていく。簡単に言うと、無彩病患者が濃い色から色を失っていくのなら、夕吾くんは薄い色から濃い色に向かい、色づいていく」

どうりで最初に見えたのが空の色だったのか、となんとなく合点がいった。少しずつ色彩が増えたことでわかったが、朝の空は色が薄い。それが夜に向かうにつれ濃くなっていく。空の中でも朝の空は淡いからはじめに見えたのだろう。

なぜ空の色から始まったのかはわからない。無彩病の始まりの色は千差万別だが、思い入れのある色から消えていくらしい。僕はもともと無彩の世界で生きてきたから、色にこだわりもなにもないのだが。

　差し出された紙に書かれた文字をまじまじと見つめる。青の隣には緑と紫があった。

「このどちらか、あるいは両方か」

　医師の言葉に文字を目で追う。

　紫の隣には赤、赤の隣には橙と黄色、そして緑系統が続き青に戻る。空色から始まったら最後はなんの色なのだろう。前例のない症状だ、そのときになってみないとわからない。そもそも、僕のこの目は遺伝すら珍しいのだ。

　ただひとつ言えることは、最後の色が見えたらもうすぐ死ぬ。それだけは確かだ。

「また来月話そうか」

　それに意味があるのかと返してしまったのは僕の悪いところだと思う。医師は気まずそうに視線を逸らした。

「すみません、嫌みじゃないです」

「いや、わかるよ。言いたいことは」

　どうせ死ぬんだから来る意味はあるのか。

「私は君の主治医だけど、無彩病の患者も何人か担当したことがある。最初の数回は診察に来たけれど、みんなすぐ来なくなったよ。どうせ死ぬんだし病院に時間を割くならほかのことをするって」

「ある意味正解」

「……そうだね、私も正解だと思う。ここに来ても、どれだけ救いたいと願っても、この世界にはまだ無彩病患者を救う術がない」

医師は目を逸らし、悔しそうな顔をする。顔に刻まれたしわがより一層濃くなった。

「結局データを集めることくらいしかできない」

「まぁしょうがないですよね」

なぜ死ぬかすらわかっていないのだ。彼らにできる最善は、この先罹患した患者を救うためにひとつでも多い症例を知ることだから。そう考えると僕は病院に来た方がいいのかもしれない。僕の症状がなにかの足しになるとは到底思えないが、それでもいつか誰かの役に立つのなら。

「ちゃんと来るので大丈夫ですよ」

医師は目を瞬かせた。

「死ぬのが、怖くないのかい？」

至極真っ当な問いかけだと思う。でも僕の口から漏れたのは乾いた笑いだった。

「自分から死にたいとは思ってないですよ、でも生きたいとも思ってなかったから」

真っ白なカーテンが風に靡《なび》いた。染みひとつない布地を見て、彼女がいた病室のカーテンには小さな染みがあったことを思い出す。それは楓が隠れて食べたカップラーメンの汁を飛ばしたものだった。なんとかして証拠を隠滅するため染み抜きをしたが取れず、結局最初から染みがありましたという体《てい》で通していた。

「でもやらなきゃいけないことができたので。ちゃんと最後まで生きるつもりではあります」

着々と進めているけれど最後のページまで読んでいないため、項目がいったい何個あるのかはわからない。けれど、ノートの厚みと彼女が書く文字の大きさを考えると三百くらいだろうと思っている。一ヶ月で十分の一をこなせるくらいだから、このまいけば無理難題でもない限り、僕の命が尽きる前に終わらせられるはずだ。

医師は黙り込んだが、やがて口を開く。

「……長年君を見てきたけれど、そんな表情をするところは初めて見たよ」

「そんな表情？」

「君はいつもどこか世界を達観しているように見えたけど、今はどこか楽しそうだ。色の見える世界がそうさせたのかもしれないと思うと、なんとも言えない気持ちになるがね」

たぶん、そうだろう。だってこれまでずっと、灰色の世界で生きてきたんだから。世界の色彩を知れるなら、無彩病にかかってよかったとすら思えてしまうのだ。

医師は言葉を続ける。

「夕吾くんにとって死にたくない理由が、見つかってほしいようで見つけてほしくない気持ちだ」

病院を後にして学校に向かう。正午過ぎの空は今日も澄み切った水色だ。

午前の授業を休んで病院に行ったのもこれで二回目。一ヶ月に一回だからあと十回。それが終われば死ぬ。十回は多い気がする。あの息苦しい空間をそう何度も味わいたくはない。

「死にたくない理由ってなんだよ」

指先が冷たくなり、ポケットに手を突っ込む。言われたことを脳内で何度も再生し考えてみたが思いつかない。そもそもずっと、生きたいと思える明確な理由など見つけられなかった。たかが十七歳で見つけている人間の方がすごいと思うけれど。

自分が誰かの親だったなら、残していく子供のことを思い死にたくないと思うだろうか。もし恋人がいたら、彼女が未来に向かい、自分だけ置いていかれることに苦しむだろうか。

両親には悪いと思っているが、不可抗力なのでどうしようもない。友人はたぶん悲しむだろうが、それでも永遠に引きずるような人間はいないと思う。そもそもそんな深い付き合いの人間はいない。新だって悲しむかもしれないが、泣きわめくことはないと踏んでいる。

僕がいなくても世界は回る。そんなことずいぶん昔からわかっていた。最近、楓が死んでそれを思い知った。

彼女が死んでも世界は回る。あれほどうるさかった声が聞こえなくなっても、違和感すらなくなった。朝が来て一日が始まり、夜に眠って一日が終わる。その繰り返しだ。死んでいった命のために時間は足を止めてはくれないのだ。

「そんなの、ない」

理由などきっと、この先も見つけられそうにない。短く息を吐いてから足を速め、次のリストが簡単にこなせるものでありますようにと、どこにもいない神様に願ってみた。

二十三、異性とデートする。

「わぉ」

紙パックのレモンティーのストローをくわえながら覗き込んできた新から逃れるように頭を抱える。彼は楽しんでいるが僕はなにも楽しくない。僕の眼鏡を外した彼は自分にそれをかけ、呟く。

「よかったじゃん」

「どこが?」

返せと言う前に戻ってきた眼鏡をかけ直し目をこする。視界の端についた指紋を袖で拭うも跡が伸びるだけで、綺麗にはならなかった。

「デート。よくない？」

「相手がいないのに？」

「そこは、まぁ頑張るんだよ」

適当だ。ストローから息を吹き込みボコボコと音を鳴らす彼にやめろと言うが、楽しげな顔をこちらに向けるだけだ。

「べつにさ、順番どおりにこなさなくてもいいんでしょ？」

「……そうだけど」

「じゃあ後回しでもよくない？　彼女できたときとかで――」

言いかけた新が固まる。なんだと言えば、いいことを思いついたと言わんばかりのにんまりとした笑みを浮かべていた。

「彼女じゃなくてもいいんだよ」

「はぁ？」

そうだ、となにかに納得した彼は言葉を続けた。

「異性とデートだけしか書いてないから、べつに付き合ってなくてもいいんだよ。つまり、友達でもいいってこと」

「俺、異性の友達いないんだけど」

「あら」

口もとに手を当て大袈裟に哀れみの表情を浮かべた新の足を机の下で蹴り飛ばす。

小さな悲鳴が上がったが無視だ。

「じゃあ委員長は？　委員長ー」

「おい、やめろ」

「なに？」

呼ばれるがままに来た委員長こと三上は今日もきちんと制服を着ている。指定の白いカーディガンを着ていても野暮ったく感じないのは、彼女自身が品のある雰囲気を纏《まと》っているからだろうか。

「放課後、夕吾とデートしてあげて」

「新！」

「え!?」

「このとおり」

手を合わせた新の頭を強く叩く。彼は不満げに文句を口にするも、文句を言いたいのはこちらの方だ。三上の顔に灰色が集中する。三上は僕らへ交互に視線を向けるも、やがてそういうのはよくないよと言い出した。

「そうだ、よくない」

「デートって名目じゃなければいい？　遊びにいくとか」

「新、まじでやめろ」

　三上が困っている。火照《ほて》ったのだろう両頰を包み、どうして？　と聞いてきた彼女から目を逸らし、言葉を濁す。リストのことを言ってもよかったのだが、書いた幼馴染が死んだと言ってしまえば、どんな反応をされるかわかったものじゃない。

「デートしたいらしくて」

　新の言葉に思わず手が出そうになるが、それをこらえて三上にごめんと言った。

「えっと……」

「気にしないで、冗談だから」

「なんか……ごめんね」

　去っていく三上になぜか振られたような形になった僕は新をにらみつける。彼はヘラヘラ笑いながらリストを手に取り、次のページをめくろうとしたけれど僕はそれを制す。

「見ないの？」

「見ない。先を見るの嫌がるタイプだから」

　いつだってそうだ、直近の未来でさえ知りたがらなかった。行き当たりばったりがいいんだよと僕を連れ回しながら楓はよく口にしていたものだ。映画や漫画のネタバレは自分が見るまで絶対禁止、先の見えないことが楽しみを作ると思っていた人間である。そんな楓を少しばかり尊重したくて、リストをこなすまでは次のページをめくらないようにしていた。

たぶん、僕自身が先を見ることに対して恐れを抱いているのもあるだろう。無理難題が来たらどうしようという気持ちもあるが、なにより彼女がやりたかったことを知る度、虚しさが募るからだ。こなせばこなすほど楽しい思い出が増えていくのに、心に風が吹く気がする。すべてを知ってからこなすのと、その都度向き合うのでは気持ち的に後者の方が楽に思えた。

「でもなんでデートなんだろうね」

「……さぁ。意味がわからない」

楓のことだ。デートくらい飽きるほどしてきただろう。だから、〝異性とデートする〟という具体性のない願いが来るとは思わなかったのだ。飽きるほどしてきたからこそ、場所の指定すらないのか。……いや、問題はそこじゃない。

「夕吾、彼女いたことは？」

「ある」

「じゃあもうそれをカウントしちゃえば？」

「それはあり」

　今すぐに相手を作ってデートができるような人間ではない。なら過去の経験からこなしたことにすればいいと思ったが、新がやっぱり……と言ったのでマーカーのキャップを外す前にペンケースに戻した。

「これじゃ叶えたことにならないかな」

「だろうな。俺もどうかとは思ってたとこ」

「誰か誘ってみようよ、なんだったら俺もうしろからついてくから」

　一対一とは書いていない。たしかにそのとおりだが、楓の思惑を読み取るならこれはまちがいなく一対一である。でもそこまで尊重すべきだろうか。だって今いきなりデートなんてできそうもない。

　二人で唸っていたとき、窓が叩かれた。見るとなぜか矢沢がいて、僕は驚きの声をあげた。窓の外のベランダは一直線で繋がっており、休憩時間になると壁沿いをいろいろなクラスの生徒たちが行き交う。矢沢が友人たちとベランダで騒いでいるところをよく見かけたが、今日はひとりだった。

「え、なに……」

　訝しんだ僕と矢沢へ軽く手を振った新。対称的な反応だった。矢沢が窓越しに開けろと言って、新が立ち上がり窓を開ける。大方彼に用があるのだろう。

僕がノートに視線を戻した瞬間——。

「大野」

「……俺？」

「は？　あんたの名前、大野でしょ」

「そうだけど、は？」

「はぁ？」

なぜか矢沢が呼んだのは僕の名前だった。想定外の出来事から出た返事を聞き、彼女は眉間にしわを寄せた。たぶんこれ怒り出すな。そう考えたが矢沢は窓から腕を伸ばしてきた。手には紙袋が握られている。

「これ」

「なにこれ」

「……この前の!!　礼!!」

「あー、そういえばフィギュアあげたんだっけ？」

新が思い返したように口を開くと、矢沢はそちらを一瞥するもすぐに僕に視線を戻し、受け取れと言って差し出してきた。

「べつにいいよ、礼が欲しくてあげたわけじゃない」

「……あんたモテないでしょ」

「なんだよいきなり」

「受け取らなかったらうち、このまま これ持って戻るんだけど。最高に惨めな気持ちになるってわからない？」

だから冴えないんだと言い捨てる矢沢に言い返したかったが、そのとおりだと思ってしまい口を噤む。折角買ってきてくれたのに受け取らないのは、矢沢の感謝の気持ちをどぶに捨てるのと同じである。

「女の子には優しくしなきゃ駄目だよ」

ふいに楓の言葉を思い出して、僕はため息交じりにそれを受け取った。彼女に対してあまり言いたくなかった感謝の言葉も述べて。

「じゃあ、借りは返した」

手を軽く振って矢沢が去ろうとした、そのときだった。

「これだ!!」

新が上げた声に矢沢の足が止まる。僕はなんだか嫌な予感がして、もらった紙袋を握り締めた。

「なんで！　こうなんのよ！」

矢沢の叫びに僕はまったくそのとおりだと言いたくなった。

放課後、駅近くのショッピングモールに彼女とふたりきりなのは、すべて新のせいである。

「矢沢、デートしてよ」

「え!? し、仕方ないなぁ!」

教室での新の発言に矢沢は照れながらも満更ではない様子で了承した瞬間、新は夕吾と、と付け足した。

「よかった夕吾、なんとかなるぞ」

満面の笑みを浮かべる新とは正反対に、僕らの顔から血の気が引いた。矢沢は拒否したが新に貸しがあったらしく、断るに断れなくなり唇を噛み締めていた。僕もこれを逃せばおそらくクリアできないとわかっていたから、拒否できなかったのだ。

まだ拒否を続ける矢沢に新はこう言い放った。

「矢沢、それいくら?」

紙袋を差した新に、中のお菓子は千円だと返す矢沢。

「あのフィギュアは四千円」

これが決定打だった。あまりの非道さに僕は思わず矢沢に同情してしまう。まさか金額でマウントを取るとは。いつもは温厚な新も、矢沢相手だときつくなる。彼女が嫌いだからという理由でもなさそうだが、矢沢は口をパクパクさせながらしかめっ面をして苦しげに、行くと呟いた。

「決定ー」

そのやり取りを見た僕はこの友人が少し怖くなった。

そして、現在——。

「もう絶対、すぐ帰る」

「奇遇だな、俺も同じ気持ちだよ」

「なんであんたなんかとデートしなきゃなの」

「そっくりそのまま返す」

言い合いながらショッピングモールに入る。デートとはなにをすればよいのだろうか。経験がないわけではないが、放課後、それもほとんど絡みがない相手と過ごす数時間は地獄のようだ。相手の好みもわからないし、嗜好が合うとも到底思えない。

「映画観て会話の時間を減らす」

「それあり」

矢沢の提案にすぐに乗ったのも、会話なんてできやしないと思ったから。足早に映画館に向かう彼女の背を追い、上映スケジュールを確認する。楓が観ようとしていた作品のシリーズ作が上映されていて、結局彼女は観られなかったんだとふいに思った。

矢沢は自分がどれを観るかを決めると言い、電子掲示板と睨めっこを続けている。

「あ、あの恋愛映画」

「パス」

「……たしかに、あんたと恋愛映画は観たくない」

わかっているじゃないか。すると矢沢はすぐ上映される映画を差し、これにすると決めた。楓が観たがっていた作品だった。

「あー……」

「なに？　これならいいでしょ」

洋画のファンタジー映画だ。僕はいいよと返事をしたが歯切れが悪かったのだろう、矢沢が顔をしかめる。なにも聞かれたくなくて先にチケットを買うため歩き出した。言及されないよう彼女の分もチケットを買い、渡せば、矢沢は満足した様子でもうなにかを聞いてくることもなかった。

館内に入り隣に腰かけるときも不服そうな矢沢に、僕はもう諦めろと口にする。僕は諦めている、同じ気持ちだがもう仕方ない、と。矢沢は大きなため息をつき、スマートフォンの電源は落としてと言い、自身の画面を暗くした。意外にも真面目な一面に驚きつつ、彼女に従って電源を落とした。

映画は最高だった。前作で敵に追われヒロインと離れ離れになった主人公が、彼女と再会するためさまざまな国を旅しながらも戦い、最後にはヒロインを迎えにいき結ばれるというハッピーエンドだった。

大画面に映り込む青に、色彩が見えはじめてから初の映画鑑賞だったことに気づく。ここ最近はリストをこなすことに集中していたため、映画を観る機会がなかった。もっとも、僕が映画を観ていたのはもっぱら楓に付き合わされていたからだったのだが。

エンドロールが流れる中、余韻に浸る僕の耳に鼻を啜る音が届く。横を見ると矢沢の目もとが光っていた。これまた意外にも、彼女は映画で感動するタイプの人間だったようだ。矢沢はギャルで派手、映画なんかで感動するような人間ではないと勝手に決めつけていたけれど、人は見た目ではわからないものだ。

「よかった」

「同感」

目を擦りながら映画のよかったところを語る矢沢は子供みたいで、なんだかおもしろくなり噴き出してしまう。彼女が睨んできたが、僕は素直にごめんと言った。

「意外で」

「うちが映画で感動しない人間だと思ってたの？」

「そう。ていうか興味ないかと思ってた」

「なんでよ」

「ギャルだし、映画観るより友達たちと騒いでる方が好きそうだなって」

僕の言葉に矢沢が興味なさげにあっそと呟くが、僕はでもちがったと言葉を続けた。

「人は見た目で判断するものじゃないと思った」

「は……」

「正直苦手な部類だったけど、今はそうでもない」

彼女のことを知らなかった頃、僕にとって矢沢は苦手なタイプの人間だった。それも頂点にいるような存在。でもアニメのキャラクターが好きだったり、律義にお菓子を買って礼をしたり、映画で感動するところを見ると、認識を改めなければと思った。

矢沢はしばらく黙っていたが、「この後、時間は?」と口を開く。

「門限はとくに。遅くなりすぎなければ」

「……夜ご飯」

「え?」

「夜ご飯、食べながら、映画の話、する?」

途切れ途切れだが彼女の言葉はたしかに届いた。僕はまた、彼女の意外な一面に目を瞬かせながらも、いいよと返す。

時刻は午後六時過ぎ。平日のフードコートは人気《ひとけ》が少なかった。適当な席を取った後、各々食べたいものの店に並ぶ。僕はハンバーガー、矢沢は韓国料理を選んだ。彼女が持ってきたトレーには冷麺が入っていて、この季節に冷麺とツッコんでしまった。

「いただきます」

「寒くないのかよ……」

「寒い。でも食べたい」

「そう……」

嬉しそうに冷麺を啜る前でハンバーガーを口にする。ポテトを見つめてきたので差し出すと数本奪っていった。

「……あのさ」

「ん？」

口いっぱいに頬張ったとき、矢沢は食べる手を止めぬまま聞いてきた。

「なんでいきなりデートとか言い出したわけ」

なにも知らず、新の口車に乗せられここまで来た彼女に説明しないのは良心がとがめた。ハンバーガーを飲み込んでから息を吐き、口を開く。

「遺言」

「遺言？」

「いや、遺言っていうより故人の願いを叶えてる……みたいな？」

「どういうこと？」

こちらをちらっと見た彼女に僕はハンバーガーをトレーに置く。

「先に言っておく、ごめんって言ったりとか同情したりとかするなよ」

「するわけないでしょ」

「俺はなんとも思ってないから、その反応をされると困る」

箸を置いた矢沢は言葉を急かした。僕は鞄からノートを取り出す。〝やりたかったことリスト〟。彼女が表紙に書かれた文字を読んだ。

「一ヶ月前、幼馴染が死んだ」

「え……」

「で、そいつが遺したリストを叶えてやろうと思い、現在実行中」

二十三番の文章を指差し彼女に見せると、申し訳なさそうな顔をして目を伏せた。

「なんか、その……」

「聞いてごめんって？　言うなよ。俺はなんとも思ってないし、叶える理由も未練があるからとかじゃない」

「……この前のフィギュアも？」

「〝十五番、クレーンゲームで景品を取るまで帰れません！〟」

「あのフィギュアって……」

「取るものはなんでもよかった。でも新と話して、どうせなら本人が好きだったものを取ろうってなって」

　でも渡す相手がいなかったから欲しい人間に渡した。説明すると矢沢はなんかごめんと口にする。

「おい、やめろって」

「ちがう、あんたのこと誤解してたから」

　聞いてごめんって意味じゃない、と首を横に振った。

「フィギュアもらってからあんたのこと見てた」

「どういうこと？」

「お礼するにもなにが好きなのかわからないから、調査の一環」

　それなら新にでも聞けばいいのにと思ったが、彼女のことだ。誰かに頼るのは癪だったのだろう。

「そしたら意味わかんないことばっかしてたから、変人かと思って」

「なるほどね……」

　僕は最近の行動を思い出す。あるときはトランプタワーを作り、またあるときは机の上でお菓子を使いドミノ倒しをしたりしていた。正直、意味がわからないことばかりしていた自覚がある。

　というか、楓はデートくらいしていただろう。放課後デートなんて、彼女がしていないわけがない。〝元気になったらやりたいことリスト〟には体験したことも書かれているのだろうか。よく考えたら今まで行ってきたリストのほとんどを、彼女は体験していそうだった。

まぁ〝元気になったらやりたいこと〟だ。もう一度やりたいことが書かれていてもおかしくはない。

「でもそんな理由だったの知らなかったから」

矢沢の声で思考の世界から戻される。

「知らなかったら変人だと思うよ。俺も書いた本人に対して毎回、本気か？　って思ってる」

「だからそういう意味のごめん」

よくわからないが、誤解を解いたのはいいことなのだろうか。勘ちがいされているよりかはいいかもしれないけど。矢沢は、どんな気持ちだった？　と聞いてくる。

「亡くなったとき、悲しかった？」

「正直な話してもいい？」

「いいよ」

新にも言っていないことを彼女に言おうと思った理由は、わからなかった。

「なにも感じない」

「なにも？」

「死んだってわかってる。でもどれだけ周囲が悲しんでも、俺は全然悲しくないし涙も出ないんだよ」

　酷い人間だ。本当はずっと、悲しむべきだと思っていた。日常で当たり前に息をしていた人が死んだ。悲しくて当然、涙を流して当然。なのに葬式の日も、リストを渡されたときも、なにかの拍子に思い出す瞬間――今でさえ、ただ彼女が死んだという事実が心にあるだけだ。そうか死んだのか、もういないのか。

　それ以上の感情が湧いてこない。

「……ちがうよ」

　矢沢は眉尻を下げながら僕を真っ直ぐ見すえる。なんで彼女がそんな顔をするのだろう。僕にはわからなかった。

「感情が追いついてないだけ」

「なんでそう思うんだ？」

「悲しいと思うタイミングは人それぞれちがうでしょ」

　さっきの映画みたいに、という彼女の言葉に先ほどの映画を思い返す。

　主人公の友人が亡くなったシーンでヒロインはすぐに泣いたが、主人公は呆然と立ち尽くしていた。しかし、彼から与えられた勇気を胸にすべてを終わらせ、ようやく落ち着いた後に泣き出した。すぐに感情を露わにしたヒロインと、全部終わらせてから喪失に向き合う主人公。対称的なふたりが印象に残っていた。

「それがまだ来てないだけ」

「一生来ないかもしれない」

「それはない」

「言い切るんだ」

「だって——」

矢沢がリストを指差す。

「好きだったんじゃないの？」

「……まさか」

「でも、それを叶えてる時点で、なにかしら思うところはあるはずでしょ」

そうだろうか。僕がこのリストを叶える気になったのは、自分が一年後に死ぬからだ。どうせ最後だしやりたいことなどなにもないから、楓のやりたかったことを叶えてやろうと思ったのだ。もし一年後に死ぬとわからなかったら、そんな気にはならなかったかもしれない。

なにも言えなくなってノートを握り締めたのを矢沢は見逃さなかった。視線を逸らし再び食事に集中しながら、彼女は幼馴染か、と呟く。

「うちもいた」

「幼馴染？」

「現在進行形でいるのに忘れられてる」

「なんで？　昔すぎて？」

「見た目が変わりすぎて」

彼女は自分の毛先を摑む。変わる前の髪色は真っ黒だったと言いながら冷麺を啜った。

「子供の頃さぁ、ブスだったの」

「唐突だな」

「太ってて目も腫れぼったいのがコンプレックスで、そんな自分が嫌いだった」

いつの間にか半分以上食べ切っていた矢沢は、再びポテトを奪っていく。

「でも近所に住んでた男の子が、そんなうちでもかわいいって言ってくれたんだよね」

柔らかに弧を描いた唇は、ありがたいことだよと言葉を続ける。

「けど親の転勤で引っ越して会えなくなった」

「なるほどね」

「次会ったときにかわいい自分でいたいと思って必死に努力した。痩せて、二重になるために毎日くせをつけて、髪を明るくしたら気分までよくなったの。だから、派手でも自分の好きな格好をしようと思って」

　これが一番、と胸もとに手を当て自信満々に言葉を放つ彼女に、また勝手に思い描いていたイメージを壊された。

「それで再会したんだけど、一切忘れ去られてる」

「ギャルになったからだな」

「好きでこの格好してるのに、気づいてもらえないのはキツかった」

「自分が幼馴染だって言わなかった？」

「言えなかった。久しぶりって言おうとしたのに、怖くなって初めましてって言っちゃった」

　再会を失敗したそうだ。今からでも言えよと言ったが、今さらでしょと返されてしまう。

「ギャル化したからたぶんよく思われないし」

「そんなこと気にするやつなの？」

「どうだろ、わかんない。わかんないー！」

　両腕を伸ばし、突然大声を出した彼女に思わずおいと声をかける。周りの視線がこちらに集中したことに気づいた彼女は、慌てて腕を下ろした。

「……でも、忘れ去られたまま、さよならは嫌かも」

「じゃあ頑張って言えよ」

「そんな簡単に言わないでくんない？」

　止めていた手を動かし食事を続ける僕は、なにげなく自分も知ってる人間か？　と聞いた。知り合いなら微力ではあるが手伝えるかもしれない。けれど彼女はその問いには答えずに、大丈夫だと言う。

「自分で伝える」

「本当に？」

「……今じゃないけど、どこかで」

「絶対言わないだろ」

　笑った僕に矢沢は言うもんと頬を膨らませ、残った冷麺をすべて平らげた。

「今でも好きですって？」

　からかうように聞くと、矢沢は口もとを拭きながらうるさいと顔を背ける。

「ていうか誰にも言わないでよ」

「なんで？　仲いいやつは知ってるんじゃないの？」

「周りに言ったことない！」

「おい、それ俺に言ってよかったやつ？」

　明らかに相手をまちがえただろと思ったが、矢沢は聞いたからと口にした。

「正直な話。大野、ほかの人に言ってないんでしょ」

「まぁ……そうだけど」

「だから交換で言った。ばらさないからばらさないで」

「心配しなくて大丈夫。そもそも言う相手がいない」

矢沢が鼻で笑ったので、やっぱり言うと返し彼女を困らせた。

果たしてこれでよかったのかはわからないが、僕が二十三番目にマーカーを引いたところを見た矢沢は、たまにならと協力してあげると上から目線で楽しげに話したので、僕はどうしてものときに限るけどよろしくと返す。

意外にも楽しかった数時間が、僕の心を少しだけ軽くさせたのだ。

涙にすら色彩は反射する

「人間の脳には限界がある」

「突然なんだよ」

真っ白な病室で腕を組んでいた楓が真剣な顔つきでうなずく。僕はまた、なにかドラマでも観たのだろうと推測した。

大方それは合っていて、やることのないベッドの上で、彼女の相棒は薄型タブレットだった。暇な時間はほとんど、それでドラマを観続けている。なんなら僕が訪れたときでも観ている。

「容量があるんだよ。だから大事じゃない記憶から忘れてく」

「そうですか」

「この理論で行くと夕吾が漫画の新刊を買ってこなかったのも、その用事が大事じゃなかったからっていうことになる」

「責めるためにそんなこと言い出したのか」

やれやれと思いながら重い腰を上げる。

そこまで言うなら今から買ってきてやろうではないか。十分ほど歩いたところにある複合施設の本屋で、買い忘れた漫画の新刊を。

が、行動に移すため立ち上がった僕の制服を掴んだ彼女は、席に戻すように細腕で下へ引っ張った。

「仕方ないから明日で許してやろう」

「そりゃどうも」

大袈裟に頭を下げながらも、大して読みたがってたわけでもないくせにと思う。暇だと繰り返す彼女に、自分の好きだった漫画の新刊が出るから買ってこようかと言ったのは僕の方だったが、本屋に用事があるときでいいと言われていたのだ。

だから重要度はそこまで高くないと考えていたのに、今日になって気が変わったらしい。相変わらず気分屋だ。

「人間の脳には限界があるから、思い出には底がある」

「またかよ、なんのドラマ観た？」

「これ」

タブレットの画面に映っているのは数年前に流行った医療ドラマだ。医療ドラマは観ない！　と入院した日に宣言したのに、ついに観るものがなくなったのだろう。これはおもしろいと語りはじめる彼女に、避けてたんじゃないのかと聞けば食わず嫌いはよくなかったと返された。まったくそのとおり。ついでにその流れで、食事に出るブロッコリーを僕に押しつけるのもやめてほしい。

「子供の頃の記憶ってどのくらいある？」

「どっかの誰かに引きずり回されたってのは憶えてる」

「なんで引きずり回されてたかは？」

「憶えてない。自分は？」

「私も憶えてない。根本の理由は憶えてるんだけど、その時々で理由があったと思うんだよね。でも忘れてる」

「あれは憶えてる。カタツムリを集めまくってレースさせるために雨の中探したせいで、ふたりして風邪引いたこと」

「そんなことした〜？」

「したよ。結局レースさせたのはいいけど、あまりに遅くて飽きたお前が帰ろうって言って終わった」

憶えてないと笑う彼女にそんなことばっかりだったと返す。すべてを憶えているわけではないが、くだらない毎日だった。ただ、積み重なって忘れていっただけ。

人の脳は、地層のように記憶を重ねることができない。断面を見て、あ、これはあの日の記憶だ、と見返すことは不可能だ。

「忘れちゃうってちょっと悲しいよね」

「憶えてることもあるだろ」

「あるけど、全部思い出せたらもっと楽しいかもしれない」

日記でも書くべきだったかと顎に手を当てた彼女へ、絶対三日坊主になるとツッコんだ。彼女がなにかを続けているイメージが一ミリも持てなかったからだ。

「今日のことも、いつか忘れるでしょ」

「まぁ……たぶん？」

「忘れないためにはどうすればいいかな。人間の記憶は色彩やそのとき嗅いだ匂い、聞いてた音楽とかに紐づくって言うよね」

「俺には色彩がないから紐づけできないけど」

「明日からこの部屋にルームフレグランスでも置こうかな」

「無理だろ」

無理かあと机に突っ伏しふくれっ面をする楓に、なんだよと口にしたが、彼女はべつにと唇を尖らせた。

「風の冷たさとか季節の匂いとか、そういうので思い出すかな」

「それで自分が思い出すものは？」

「えぇ？　なんだろ……感じないとわかんない」

「そのときにならないとわからないだろ」

「それもそうか」

顎をのせ鼻歌交じりに伸ばした細腕からは何本もの管が伸びている。一瞬顔をしかめてしまったが、彼女は気づかなかった。

「忘れた記憶はどこに行くんだろう。なにかがきっかけで思い出す記憶が引き出しの奥底に仕舞ったものだとしたら、まったく思い出せない過去はどこに行くのかな」

「さぁ。消える？」

「消えるのかな。それも切ないな」

「それか消えないけど、どこかに仕舞われるんじゃない」

「どこかって？」

「わからないけど、鍵のない開かない箱みたいな」

「埋めた場所を忘れたタイムカプセルみたいな？　そういえばやったよね。あれどこ行った？」

「知らん」

完全に消える過去はあるだろうか。あの頃の経験を思い出せなくなっても、心のどこか、脳の片隅に残っているのだろうか。

現に今、ふたりで埋めたタイムカプセルの場所をお互い忘れている。埋めたはずの土地はたしか空き地だったと思う。けれど記憶から消えてしまっているのなら、見つかることはないだろう。

「でも中に入れたのどんぐりとかだからいいか」

「なに入れたかも忘れた」

「折り紙で作ったメダルを入れたのは憶えてる。あとは忘れた」

「ただ埋める直前で楓がやっぱり埋めたくないって駄々こねたのは憶えてる」

「嘘だぁ」

「本当」

僕が思い出せない記憶を彼女は憶えていて、彼女が思い出せない記憶を僕は憶えている。同じ時間を共有していたが、思い出せるものが異なるのも不思議だった。

「やっぱ忘れるかー」

拗ねた子供のように唇を突き出したままの彼女は、珍しく釈然としない様子だった。いつもなら、難しいことは考えてもわからないと言い出すからだ。わからないことを考え続けてもなにも生み出さないから、切り替えて楽しいことを考えようとするのが彼女のスタンスで、いいところでもある。

だから今日みたいな様子は珍しくて、なにかしら引っ掛かりがあるのだろうと気づく。長い間、彼女を見てきたのだ。これに対する最適解を探すのが、僕の役目だった。

「頑張って憶えとけば？」

僕の言葉に、なにそれと苦笑した彼女はまだ釈然としない様子だ。

「俺と楓がお互い頑張って憶えておけば、どっちかが忘れても答え合わせができるだろ」

さっきのように僕が憶えていることと彼女が憶えていることをくっつけたら、きっと忘れ去られる過去は少なくなる。片方が忘れても片方がこんなことがあったって話せる。何度だって答え合わせができる。

一度目を見開いてすぐに眉尻を下げ、口もとを緩めた彼女は、やっぱり日記を書こうと口にした。

「信用できない」

「失礼だな」

「記憶を改ざんして、私がなにか悪いことしたって言うかも」

「それは自分だ。俺は憶えてる、七歳のとき楓がお兄さんのものを壊して俺のせいにした」

「……そんなことあった？」

「憶えてる顔だな！」

彼女の額を中指で弾く。わざとらしく痛いと額を押さえた楓は、あれは仕方なかったと言い出したので、やっぱり憶えてるじゃないかともう一度中指を弾いた。

「今日は忘れない……二回もデコピンされた」

「されて当然のことをしてるんだよ、あの後俺は、お前の兄に頭を思いっきり叩かれた」

「嘘ぉ、それは知らなかったごめん」

「それに比べたら加減したデコピンなんて……」

「あーごめんごめん。反省してるからもうやらないで」

再びデコピンの形になった僕の手を摑み、終わり！　と両手で包み込んだ楓は、病人にこんなことするの夕吾だけだよと愚痴を零す。病人扱いするなっていつも言ってるのは誰だよと返せば、私だとうなずいた。

「うん、私」

もう一度、噛み締めるように呟いた彼女の手に力がこもる。包み込まれた手から伝わる温もりは少なく、小さな手のひらでは僕の手を覆うことはできない。ずいぶんと背丈が離れた。手の大きさだってそう、追い越したのはいつだろう。いつの間にか背中が小さくなり、一歩で隣を追い越せるようになった。

ずっと、一緒にいたから気づけなかっただけで。

「あのさ」

「なに？」

うつむいたままの彼女の言葉を待った。けれど次の言葉はいつまでも紡がれず、耐えられなくなって名前を呼ぶ。

「やっぱなんでもないー」

手を離し、おどけた様子でタブレットへ視線を戻した彼女になんだか気まずくなり、切り替えるための言葉を吐いた。それは、彼女を安心させるためのものでもあった。

「さっきの話、思い出には容量があるって言うけど、普通の記憶だって一年も経てば薄れるだろ」

「そう？」

「大事だと思っても、完全に覚えておくのは無理だと思う」

「たしかに」

「でも一年もあればさ、忘れたくなかったものに対しての気持ち？　それが薄まるんじゃない？」

楓は少し考えた様子でタブレットから離した視線をこちらへ向けた。たとえば？と彼女に聞かれ、なにを言おうか迷い、そして、思い出した。

「子供の頃、楓の家で飼ってた犬が死んじゃったときのこと、憶えてる？」

「憶えてるよ、マロン。ショックだった」

僕が十歳、彼女が十二歳のとき、楓の家で飼っていた大型犬が亡くなった。もうずいぶんと長生きしていたから、いつ死んでもおかしくなかったけれど亡くなったときはやっぱり悲しくて。何日も涙を流す彼女に寄り添っていた。

「でも一年後、どうなった？」

「悲しみは、薄れたかな」

「俺はそれを、現実を受け入れて前に進んだからだと思ってる」

「ほう？」

きっと悲しみは消えないだろう。ふとした瞬間、思い出しては切なくなると思う。でも時間が経つにつれ、悲しみは懐かしい記憶へと変わっていく。少しずつ薄れ、前向きなものへと変化していくのを、僕らは身をもって経験している。

「一年もあれば、人は前に進めるよ」

「……夕吾は――」

なにかを言いかけた楓は唇を閉じた。なんだよ、と聞き返しても先ほどのようになんでもないと笑うだけだ。変なやつ。いつもなら絶対最後まで言い切るのに、今日に限ってはっきりしない彼女に調子が狂う。

あのとき、もし楓の唇が開くのを待っていたなら。彼女が伝えたかったことが、問いたかった言葉が、この耳に届いたのだろうか。もしかしたらあのときすでに、彼女は自分が死ぬことがわかっていたのかもしれない。僕には最期まで治ると言い続けていたけれど。笑いながら心配するなって胸を叩いていたけれど。本当は。

——本当はずっと。

目が覚めた先に映る天井に、紺色の影が伸びていた。時計を見ると朝の五時。鼻先に触れた冷たい空気に身体が震え、再び布団の中へ潜り込む。

「憶えてる」

薄く開いた唇から零れた言葉はきっと、再び瞼を開けたときには忘れているだろう。

季節は冬になった。街行く人々の服装は厚くなり、空は曇天。朝、制服のポケットの中に仕舞い込んだ手はかじかんでいた。楓が死んで僕が無彩病を発症してから一ヶ月半。僕の視界は急速に変わりはじめた。いや、そう感じるだけかもしれない。

深い緑色が見えるようになったのはつい先日のことだ。クリスマスツリーのイラストが目に入ったとき、深い灰色ではなくなっていたことに気づいた。もともと無彩で作られていた世界だ。僅かな色彩の変化を、僕の視界は繊細に読み取り見つけ出す。だから、今回もすぐにわかった。

見えると気づいてから、毎回その色ばかりを追ってしまう。新しい色が視界の端に映る度、ショーケースの中に飾られた玩具を見る子供のように、僕の身体はその場に張りついて動かなくなる。何度も瞬きをして焼きつけるように世界を眺める瞬間ばかりは、楓のことも無彩病のことも、余命さえ忘れてしまう。

グレースケールの世界に現れる色彩があまりに衝撃的で足を止めた。満足するまで新しい色を見続けていると、いつも楓の声が聞こえる。綺麗だね、と街中を歩きながら至るところを指差して微笑む透明な幻が視界に映り込むのだ。

僕は認めなくてはならない。彼女の見ていた世界が美しいものであったことを。だから、あんなに教えたがったのだと。

新たな色彩に気づく度、誰かと共有したくてたまらない気持ちになる。けれど相手がいない。友人たちは当たり前に色彩を見ているから、この感動がわからないだろう。言ってしまったら僕の異常に気づくだろうから口にはできない。

両親にも言えない。僕が見えるようになった色を見つめているのに気づく度に、ふたりは複雑そうな顔をする。息子が色彩を知れた喜びと、着実に近づく死の足音に感情が揺れ動いてしまうのだと思う。

僕も同じ立場だったら同じ表情を浮かべるだろうか。

無彩病について説明するときによく言われる〝誰からも気づかれない緩やかな死〟という表現は、あながちまちがいではないのかもしれない。他人の視界なんてわからない。共有されることはないのだ。本人がばれないよう発言に注意して過ごせば、一年なんて一瞬で過ぎいつの間にか死に至る。

色彩を奪われて近づく死は恐怖だろうか。当たり前に見えていたものが消えていく様を体感し続けるのは心にくるかもしれない。

けれど僕は、色彩を与えられて死へ近づいている。神様なんて信じていないけれど、まるで最後にもらえるプレゼントの気分だ。死の恐怖もなにもない。ただ世界が広がっていくのが嬉しくて仕方ないのだ。こんなこと、誰にも言えやしないが。

とにかく僕は元気だと、夢の中に現れた彼女へ伝えたい。全然元気にやってる、ついでにリストも順調だから安心して。そっちに行ったら完成したリストを渡してやる。そんなことを言いたい気分である。

どこか浮かれているのはたぶん、イルミネーションのよさを初めて認識できたからなのかもしれない。朝で明るいのにもかかわらず、真っ青な光が建物の天井からカーテンのように垂れさがっていた。波打つように青から水色、白へ変わってまた青に戻る。最近映像で見た夜の海の波打ち際みたいだ。

通学中だというのに呆然とイルミネーションを眺めていた。人々が僕の横を邪魔そうな顔で通り過ぎても、僕の視線はずっと光に向けられている。

「めっちゃ邪魔」

ふいにかけられた声に振り返ると矢沢がいた。白いコートに身を包み、マフラーを巻いているのにスカートは短く、見るだけで寒気がする。

「道の真ん中で止まるの迷惑すぎでしょ」

僕を追い越した彼女に仕方なく足を動かした。さすがにここで止まり続けていたら遅刻だ。

「三十八番」

「イルミネーションを見る？」

「正解」

強いて言えば、誰かと、だが。ちょうど矢沢が現れたからクリアでいいだろう。彼女の半歩うしろを歩きながらノート片手に線を引いていく。

着実にこなしているリストはここ最近、無茶振りがない気がした。このまま終わってほしいが、楓のことだ、おそらくそろそろ面倒な条件が出てくる頃だろう。

「ずいぶんクリアしたようで」

覗き込んできた矢沢にノートを渡す。あれ以来、僕らは顔を合わせたら話す仲になった。最初こそ周囲に驚かれたが数週間も経てばみんな慣れたらしく、会話をしていたところでいじられることもなくなった。

矢沢にはいくつかのリストをクリアするため協力してもらった。その度に見返りを求められる。お菓子を買ったり、ジュースを奢ったり、ある時はノートを貸したり。

たいした要求ではないので毎回わざとらしくため息をつきながらお返しをしている。死んだ人間の願いを叶える僕に、彼女が大きな見返りを求めるような人間でもないことはあの日のおかげでよくわかっていた。

「この後も数個は簡単にクリアできそう。ほらこれ」

彼女が見せてきた条件にうなずく。これだったらひとりでもなんとかなりそうだ。

「てか雪遊びするとかあるけど、降らなきゃ無理じゃない？」

「どうしても降らなそうだったらスキー場にでも行く」

「ひとりで？」

「新でも誘う。さすがにひとりでスキー場は……」

「地獄」

鼻で笑った矢沢は次のページをめくった。それを横目に、雪遊びはどこでクリアするかを考えていた。直近で雪が降る予報はない。もうすぐ冬休みに入るから、そのときに遠出するか。雪遊びをするためだけに遠出なんて正気じゃないと思うが、そもそもこのリストをこなしている時点で正気じゃない。

だって意味のわからないものばかりだから。

デートしろという指示があるかと思えば、スクワット三百回という指示が飛んできたり、あるときはかくれんぼをするなど、わけのわからないことばかりだ。それを淡々とこなしている僕は結構すごいと思う。

そもそも、これは本当に楓のやりたかったことなのだろうか。スクワットなんて彼女がやりたいと思うわけがない。いや、元気になったらスクワット三百回くらいできるだろという安直な考えかもしれないが。

彼女の考えていることはわからない。今も、昔も。

よく知っているようでその本質は摑めないままだ。

朝の夢がフラッシュバックした。なにかを言いかけていた。あのとき、楓は死ぬのがわかっていた？　だから記憶に関して話していた？

考えても仕方ないことばかりで、結局僕はこのリストをやるしかない。人生の終わりが見えても、やりたいことはやっぱり見つからないのだから。リストをこなしていくのが今の僕に合っている。なんなら最初から、楓がすべてをわかっていてこれを用意したのではないかと思うくらいに。

考えながら歩いていると、いつの間にか隣から矢沢の姿が消えている。辺りを見回すと、数十メートルうしろで足を止めノートをじっと見つめていた。なにをしているのか聞く前に、彼女はノートを片手で持ち、顔を上げるとそのまま手を振った。

「来た」

「なにが？」

「面倒なやつ」
四十三、友達と四人以上でクリスマスパーティーをする。
「終わってる」

教室で頭を抱えた僕を見て、新は腹を抱えてゲラゲラ笑っていた。

「友達少ないからねぇ」

「やめろ」

「俺、優しいから付き合ってあげるよ。クリスマスバイトだけど午前中だけにする」

さっそくバイト先にメッセージを送ってくれた彼に小さく感謝の言葉を口にする。

正直彼がいなかったらすべてが無理だ。あとふたりも集められそうにない。

「矢沢はー？」

「うち二十五日なら暇。二十四は女子会」

いつの間に現れたのか、ベランダの窓から顔を出して会話に参加してきた矢沢に、このときばかりは感謝した。

「朝見たときからたぶん無理じゃない？　と思って来てみた」

「それはどうも」

「かわいくない。人が協力してるのに」

「それは本当にどうも」

いったいなんだって楓はこんな条件を書いたのだ。まあ楓ならやれるのかもしれないが、明らかに僕ができるリストではない。交友関係の狭い僕が友達とパーティーをするなんて。

「あとひとり。矢沢の友達、誰か連れてきてもらう？」

「みんなクリスマスはデートでーす」

「ああ、終わった。残念、夕吾」

知り合いでもない異性とパーティーをするのは気まずいので少しばかりの安心感を憶えたが、問題はそこじゃない。なんとかして四人目を見つけなければならないのだ。

しかし、思い当たる人間がひとりもいない。

「どうするー？」

「新の友達は？」

「俺？　俺もそこまで顔広いわけじゃないし、そもそも夕吾の知り合いじゃないしね」

「大体大野の狭い交友関係から選ぶのが無理でしょ」

「駄目だよ、それは言わない約束」

「聞こえてるからな」

　ふたりはひそひそ話をするように口もとを手で隠しながら話しているが、ばっちり聞こえている。

「誰か、誰か……」

「やばい夕吾が壊れてきた」

「あーもう、とりあえず知り合いに声かけたら!?」

「ギャルと大食いと陰キャがいるパーティーはどう？　って？」

「だから聞こえてる」

　認めざるを得ない言われように再び頭を抱える。このメンバーの中に入れる人間はいないだろう。僕と新だけならまだしも、矢沢が入ったことで共通の友人など皆無となった。

　これはおそらくある種の罰なのかもしれない。これまで交友関係を広げてこなかった罰。あれだけ楓が、友達を作れと口を酸っぱくして言っていたのに、僕はそれをしなかった。僕のことなどわかってもらえるはずがないと自分から先に扉を閉めた。その結果がこれだ。無理やり扉をこじ開けて入ってきた新と、たまたま扉の前に立った矢沢しかいない。

　こんなことになるなら、と顔を覆ったとき、救いの声が降ってきた。

「大野くんごめん、ノート……」

指の隙間から声の主に視線を向ける。こちらの顔色をうかがいながら話しかけてきた三上と目が合った。

「ノート……」

「数学の。今日提出だからみんなの集めてきてって頼まれて」

「ああ、ごめん」

「小内くんは——」

「俺ない！」

元気よく答えた新に矢沢はなにも言わなかったが、その顔がすべてを物語っていた。平常運転だと彼女に言うと、なにも変わってなくて引いてると返される。一年のときからこれなのか。

三上にノートを手渡し、よろしくと口にしかけたとき、ふと思いついてノートを握り締めた。受け取るはずだったノートが手放されないことに困惑した三上は首を傾げる。けれど、僕は藁《わら》にも縋《すが》る思いで恥を捨て、彼女に聞いたのである。

「二十五日、暇？」

「〝二十五日、暇？〟って！」

「うるさい」

隣でゲラゲラ笑う新を無視し、マフラーに顔を埋めながら足を速めた。彼はうしろから悪いと声をかけてくるが、笑い声が交じったひと言に謝罪の心がこもっているとは思えない。

「だってもっと誘い方あったでしょ」

「たとえば？」

「えぇー？　〝クリスマスパーティーやりたいと思ってるんだよね。三上、よかったらどう？〟とか？」

「あんまり変わらない」

「変わるよ。あの言い方だったらデートしよう！　って感じだよ」

誘い文句を言い切った後、三上は目を大きく見開いてから両頬を押さえた。灰色が集中した表情に、顔が赤くなっているのかと気づいた瞬間、失敗したと悟った。目の前で新が噴き出し、振り返ると矢沢が汚いものでも見るかのような目でこちらを見下ろしていた。

ちがうと否定するも後の祭りで、新のフォローが飛んできて彼女の頬から手が退いた。クリスマスパーティーと復唱し安堵した三上は、自分が誘われたことに疑問を抱いていたが、矢沢がリストのことを言いかけ僕と新の手で彼女の口を塞ぐ。

俺がやりたいと思ったんだという新の言葉が嬉しかったのか、三上は自分でよければと返事をしてくれた。ものすごい形相でこちらを睨んできた矢沢に首を横に振って会話は終わり、なんとかリストをクリアできる状態になった。

「なんで止めたわけ？」

背後から聞こえた怒りを含んだ声に僕たちは振り向くと、矢沢が大層ご立腹の様子で立っていた。

「正直に言えばあの女だって協力したでしょ」

「三上ね、名前」

「友達じゃないし」

「一時的に友達になってくれ、これのために」

ノートをちらつかせると矢沢がムッとした表情で近づいてくる。

「お人好しそうだし、言った方が後々協力してくれるかもじゃん」

「でもさぁ」

「なによ」

煮え切らない様子の新はこちらを向く。矢沢の口を塞いだとき、彼は僕の手が彼女の口に向かったのを見てから自身の手を重ねたのだ。僕が言ってほしくないと察したのだろう。空気を読む力は世界一かもしれない。

「……死んだ幼馴染の願いを叶えてるって簡単に言えるか？」

ため息交じりに漏らした言葉を、矢沢は自分には言ったと返してくる。

「それは言う必要を感じたからだよ。デートしろって言われて理由もわからず付き合ってくれたんだから、ちゃんと説明すべきだと思った」

「クリスマスパーティーに誘った三上には説明しないって？」

「今は。ていうか重たいだろ、こんな話」

死んだ幼馴染の願いを叶えてるなんて言われて、深刻に受け止めない方が難しい。

矢沢に話したのは、彼女なら僕が思うほど重く受け止めないだろうと思ったからだ。

けれど、三上はこれを重たい話だと捉えるだろう。矢沢を特別視するわけではないが、彼女のリアクションの方が珍しいと思う。真面目な三上はこの話を聞いて言葉に詰まるかもしれない。もしかすると泣くかも。そうなったらこっちがいたたまれなくなる。

だって僕は、悲しみも苦しみも、なにも感じていないのだから。

他人に僕の感情を超える反応をされたとき、言葉にならない感情が心の内をざわつかせ、自分を酷い人間だと思ってしまう。

それが、嫌だった。

「とりあえず、夕吾が言うまで俺たちは言っちゃ駄目なの。わかった？」

矢沢に言い聞かせた新だが、彼女は僕に、いつか言わなきゃだよと口を開く。

「わかってるよ」

彼女の言葉は正論だ。なんの説明もなしにパーティーへ誘ったのに三上は快諾してくれたのだから、説明しなければならない。でも、今じゃなくていい。そう、今ではない。朝見た夢をふいに思い出し、むしゃくしゃした気分になった僕はふたりに背を向け、その場を去った。

「思い出には底がある」

歩きながら楓の言葉を復唱した。

「人間の脳には限界があり、思い出には底がある」

底がどこにあるかは、人によってちがうかもしれない。けれど確実に限界はある。記憶は底なし沼のように溜めておけるものではない。

リストをひとつクリアして彼女の願いを叶える度、記憶は積み重なっていくだろうか。思い出は増えて、底から古い記憶が消えていくのだろうか。楽しいことで埋め尽くされて、子供の頃の思い出は消えるのか。

現に、病室で話した内容を僕の脳は忘れていっている。大した時間も経っていないのに、最初からなかったように薄れていくのを、少しずつだが実感していた。

ふと、視界の端に映った色彩に足を止める。僕が死んだら、関わったすべての人たちの記憶から大野夕吾という存在が消えていくのだろうか。時間をかけて徐々に、思い出になり過去になって底まで至り、どこかへ消えゆくのだろうか。

それは少し不快かもしれない。誰かの記憶に焼きついて離れないような存在になる気はないし、なれるとも思っていないけれど。忘れ去られるのは、これまで積み重ねてきた時間が無駄だと言われるみたいで嫌だ。

楓もそう思ったのだろうか。横断歩道の信号が変わった瞬間、目に痛いほどの色彩が映る。つい先ほどまで見えなかった色だ。人々はこれを青信号と言うが、僕の知っている青とはまるでちがっている。空の色とも海の色ともちがう。クリスマスツリーの緑とも異なる。植物を青々とした若葉などと表現することがあるが、こういう色のことを言うのだろうか。

歩きはじめた人々に気づき、立ち止まっていた僕は流されるように足を動かした。点滅する青信号、新たな色彩に感嘆しながらも顔が歪んで冬の寒さに目を背けた。

時間は、僕が思っている以上に速く過ぎ去っていく。


「元気ないねぇ」

「この状況で元気のある人間の方がおかしい」

誰もいない体育館でボールが地面に跳ね、鈍い衝撃音が鳴った。靴の裏から伝わる振動に上がる息を整え、季節外れの汗を拭う僕とは裏腹に、ボールを指で回し、いとも簡単にシュートを決めていく新を思わず睨みつける。怖いと冗談交じりにおどけた彼に応えず、前髪を掻き上げて眼鏡を外し、カーディガンの袖で汗を拭った。

「スリーポイントシュートを連続四本達成って、運動嫌いの夕吾には地獄だ」

「本当にな！」

放課後、リストの願いを叶えるため体育館でふたり、バスケットボールを片手にシュートを続けていた。テスト週間によりどこの部活も活動停止のため、体育館は僕ら以外誰もいない。開けっ放しの倉庫からボールの入った籠を取り出したのが一時間前、最高で二本までしか続いていないスリーポイントシュートに、体力は限界を迎えそうだった。

「無理、まじで無理」

体育館のフローリングに大の字で寝転がる。冬の寒さはどこへやら、背中から伝わる独特の冷たさが心地よかった。深呼吸を繰り返し、上がった息を戻したとて条件をクリアできるとは思えない。

「共同作業で行く？」

むしろそれ以外の最適解がない。上体を起こした視線の先、スリーポイントの位置ではないが新がシュートを入れた。額に浮かんだ汗を手の甲で拭った彼は、どう？と聞いてくる。ひとりでやれなんて書いてないからかまわないだろう。僕はそれで行こうとうなずく。

「楓さんは運動得意だった？」

「そこまで。球技が駄目だった」

「なら、なおさらやってみたかったのかな」

「……どうだろう」

記憶の中にいる彼女がバスケットボールを持っていたシーンはあっただろうか。もしかしたら思い出の底から抜け落ちてしまったのかもしれない。僕の記憶にはその姿がない。授業でやったくらいだろうか。運動が特別嫌いなわけでもなかったが、だからといって積極的にやろうとはしなかったと思う。もしかしたら友人同士ではやっていたのだろうか。僕が運動嫌いだから、やらなかっただけで。

「あ」

「なに？」

ふいに引き出しから見つけ出した記憶に声が漏れた。

「一年生のとき、二ヶ月だけバスケ部の先輩と付き合ってた」

「すぐ別れたんだ」

「スリーポイントシュート決めるのが格好いいって言ってたな」

「なるほどねぇ」

楓が高校一年生のとき、当時三年生だったバスケ部の先輩と付き合っていた。帰り道、エナメルバッグを肩にかけた背の高い彼と歩く姿を何度か見かけた。

けれどあっという間に別れた。好きになった理由はスリーポイントシュートを決めるのが格好いいから。別れた理由は、なんだっけ。どうでもいい理由だった気がする。そんなことかよって笑った記憶ならあるのに。

「自分もできると思ったのかな」

「……できないってわかってたから書いたんじゃないの」

僕のひと言に、その場でボールをついていた新の手が止まり、床をバウンドしていた衝撃がなくなる。

「夕吾?」

「……なんでもない」

「なんでもない間じゃないでしょ、今の―」

気楽な様子で話す彼に起き上がり、手もとに転がってきたボールを足の間に収める。フローリングに冬の陽射しが反射していた。

「この前、夢を見て」

「なんの?」

「楓の」

隣に腰を下ろした新は足を伸ばす。制服のズボンにしわが寄っていた。

「〝人間の脳には限界があるから、思い出には底がある〟」

「聞き憶えがあるな、その台詞」

「あいつが病室で観てた医療ドラマの台詞」

「ああ、だから」

それで？　とこちらを見ず、手でボールを回しながら彼は続きを待つ。

「夢を見て思った。あいつ、自分が死ぬことわかってたんじゃないかって」

「理由は？」

「リストをこなしてて思ったんだけど、時折楓が絶対できないであろうことが交じってる」

「元気になったらやりたいことリストだからじゃないの？」

「俺が知ってる和泉楓は明るくて突拍子のないことをする人間だけど、できないことが未来ではできるかもしれないって思うような人間じゃない」

そうだ。彼女はそういう人間だ。子供の頃こそ思いつきで行動していたが、歳を重ねるにつれ突拍子のないことをしながらも、裏ではしっかり考えて動いていた。

なにか企画しても駄目だったときの案まで立てる人間だ。できないことは無理だと言い、そのうちできたらいいなんて言わない。『これができなくても、私は生きていけるから』。できないことにぶつかったとき、和泉楓はいつもそう言った。

スリーポイントシュートを決められなくても人生に影響はない。球技が苦手でも、卒業すれば触れる機会なんてこない。ほかのリストだってそうだ。彼女ができないことが書かれている度に、僕は疑問に思っていたのだ。

楓は最初から、未来がないことに気づいていたのではないか。

「俺は楓さんと話したことないからわかんないけど、夕吾がそう思うならそうなのかもね」

「なんで？」

「だってずっと、そばにいたのはお前だろ」

ボールが足の間から離れ、床に転がっていった。

「……俺、病気なんて平然と治して生きていくと思ってたんだよ」

「楓さんがそう言ったからじゃないの？」

「そう」

「本人も信じたくなかったんじゃない？」

「死ぬことを？」

「未来がないってこと」

立ち上がった新が腕をまくる。

「俺も信じたくなかったことあるからわかるなぁ」

「……知り合いが死んだ経験がある？」

「ちがうちがう。昔仲良かった子がいてある日離れ離れになったんだけど、子供だったからかな、その子とさよならするのを信じたくなかった」

「理由は？」

「だってずっとこのまま遊んでいられると思ったから。言われた瞬間ショックでさ。明日も明後日もずっと一緒にいるんだって、そんなはずないって自分に言い聞かせてたよ」

「結局どうなった？」

「うーん、思ってたのとはちがう形になった」

なんだそれという僕の言葉に、転がったボールを拾った新は両手でそれを持ちながらこちらへ近づいてくる。

「叶わなかったから美しいんだと思う？」

「突然なんだよ」

「思い出ってさ、脚色されていくわけじゃん。昔の記憶が美化されることなんて多々ある」

「それはそうかも」

僕の頭に残っている思い出も、もしかすると脚色されているのかもしれない。それか、映画のようにいいシーンだけをカットしてまとめられているのかも。

「小さな頃の恋愛って、叶わなかったから美しいと思えるのかな？　って」

「……相談相手、まちがってない？」

「それは思うんだけど、まぁ聞いてよ。思い出ついでに」

投げられたボールが綺麗な放物線を描き、バックボードに当たることなくネットに吸い込まれていく。お見事、と拍手をすれば彼はボールを拾いにいきながら話を続けた。

「たとえば、今好きな人がいるとして。昔好きだった人が目の前に現れたら夕吾はどうする？」

「はい、相談相手まちがってる」

「いいから想像してみて」

そんなこと言われても僕にはその経験がないのでわからない。誰でもいい、子供の頃に好きだった保育園の先生とかでもいいという新の言葉に、それじゃあ現実味がないと返した。人と付き合ったことがないわけではないが、彼が抱いている感情に当てはまるような相手が脳に浮かばなかった。

「じゃあひとりは楓さん、もうひとりは、誰でもいいや考えて」

投げやりだ。仕方なく楓を考えながらもうひとりを脳内に探す。最近話した異性なんて矢沢くらいしかいないけれど、彼女はそういう対象ではない。けれど仕方なしに、彼女と楓を当てはめて、口には出さず彼に続けてと促す。

「昔好きだった人は思ってたのとはちがう再会になった」

「はいはい」

「今好きな人はそういう強い思い入れはないけど、なんかいいなってくらい」

「軽いな」

「そのふたりが並んでたらどっちを選ぶ?」

どうだろう。僕にはわからない。けれど、僕は前者を選ぶのではないだろうか。

「たぶん前者。ていうか、聞くかも」

「憶えてるって?」

「そう。選ぶ選ばないの前に、ちゃんと聞く。忘れてたら仕方ないけど、聞く前に判断するのはちがうかな」

ふと、矢沢の言ったことを思い出した。好きでこの格好をしていると言い切った彼女を、なんだか格好いいと思った。周りの意見を気にせず自分の好きを貫くのがすごいと思ったのだ。僕には貫きたい思いなどないからなおさら、そう見えたのかもしれない。

「前にさ、昔と変わったけど好きで今の格好をしてるって言った人がいて」

「へぇ」

「俺は格好いいと思った。変わってしまったって、どういう意味で変わったのかはわからないけど、たぶん人間の本質はそう簡単に変わらないだろうし、見た目だけで判断しない」

僕の言葉に、新は驚きつつもうなだれた。

「でもさぁ、憶えてる？　って聞いて憶えてないって言われたときショックじゃん」

「それはもうどうしようもない」

「憶えてたところで今どうなりたいとか、そういうわけでもないし」

「向こうがどう思うかによるだろ」

「そうなんだけどさー。うーん、逃げか」

「それは逃げ」

「だよね。わかってるんだけどね」

やっぱりやめようと話を切り上げてしまった新に、再度逃げだと言っても、知ってると返されてしまう。

「思い出には底があるらしいから、消える前に聞いた方がいい」

僕は聞けなかったから、とは言わなかった。あのとき、なにかを言いかけた楓の言葉を聞き返すことすらしなかった。もし聞いていたら変わっただろうか。そんなどうしようもないことを考えるようになったのは、あの夢のせいだ。

息を吐き投げたボールはバックボードに当たりネットに落ちる。スリーポイントシュートだ。一時間もやり続けていたらコツを摑んだらしい。一本目と言うと彼は口角を上げ隣に並び、二本目のシュートを成功させた。

そこからどれくらい経っただろう。気づけば陽は傾き、辺りはすっかり暗くなっていた。あれから惜しいところまでは来ていたものの、最後の一本が決まらずやり直しを続けていた。僕らの体力はすでに限界で、ボールを見ることすらストレスである。それでも無理だと言わない彼に感謝の念を抱く。たぶん、彼が無理だと言いはじめたら僕もこれを放棄しそうだから。

今までこなしてきたリストの中で一番困難なのではないだろうか。条件さえ揃えば誰でもできるものではなく、スキルが必要なものはこんなにも難しいのか。こうなるならバスケ部の人間をひとり捕まえてくればよかった。

「次、決まらなかったら明日チャレンジしよ」

「賛成」

新の言葉に疲れた身体に鞭を打って立ち上がった。彼の決めたシュートに僕が続ける。交替で決めていく間、楓が先輩と別れた理由が思い出の引き出しから現れた。

「だってそれだけなんだもん」

「は？」

「スリーポイントシュート、バスバス決めるのは格好いいんだよ？　でも、私が好きになったのって、そこだけだった」

　彼女の部屋で漫画片手にポテトチップスをつまんでいた。ベッドの上で頬杖をつき頬を膨らませた楓に、先輩が気の毒だとあわれんでしまう。

「自分ができなかったから格好よく見えただけだろ」

「じゃあ夕吾はできるの？」

「できるよ。連続は無理だけど、何回かやれば入る。この前授業で入れた」

　一回入れられたのは事実だからそう言い切って、またポテトチップスに手を伸ばす。

「じゃあ先輩より決めて見せてよ。そしたら格好いいって言ってあげる」

「お前に格好いいって思われなくていい」

「なんで!?　男子の格好いいは女子のかわいいに匹敵する言葉だよ!?」

「知ってる。でも楓からはいい」

「冷た！　こんなにもモテモテの幼馴染にそんなこと言うんだー」

　口をへの字に曲げた彼女に、もう一度先輩が可哀想だと口にする。こんな理由で好きになられて、それ以外好きにならなかったから別れたなんて言う人間と付き合ったことが。

「でも汗の匂いとか嗅ぐと、体育館の床の色を思い出すよね」

「思い出さない」

「キュッて靴の裏が鳴って。つやつやの茶色いフローリングに汗が落ちるんだよ」

「俺には縁遠い世界だ」

汗の匂いでその色彩を彷彿させるのは楓だけだ。色がわからない僕でも、汗の匂いを嗅いで体育館は思い出さない。だって運動をしてきたわけじゃないから。

青春の色かもとニヤける彼女に、でも別れたじゃんと言えば、そうなんだよその程度だったんだよと返された。

「ちなみに先輩の最高連続記録はね――」

「言わなくていい。やらないし敵うとも思ってない」

「三回！　やってみせてよ」

「やらないって」

ベッドから降りて僕の腕を掴み揺する彼女に何度もやらないと返したが、あまりにうるさかったので観念し、いつかやるとはぐらかした。楓は約束だと笑い、じゃあ倍！　なんて言うものだからそれは無理だと呆れる。

じゃあ一本でも多く入れようと勝手に決めていたが、僕はこの約束も彼女の思いつきだから、いつもみたいにすぐ、忘れるのだろうと思っていた。

気づいたのは、最後の一本を放とうとしたときだった。

暗くなった窓の外、煌々と光る体育館の照明、汗ばんだ身体を急速に冷やす空気、キュッと鳴った靴裏に、四本目のシュートをしようと構えていた僕の手が下りた。眼鏡のレンズに汗が落ちて視界がぼやける。

「夕吾?」

顔を覗いてきた新の方を見られなかったのは、引き出しから見つけ出した思い出が今と繋がってしまったからだ。

ああ、やっぱりそうだ。これはあの日話した約束。叶える気もなかった約束だ。

気づいた瞬間、身体が止まらなくなって、僕は無意識にボールを投げた。それはしっかりネットに入り、地面へと落ちた。

「成功!!　やったな!」

肩を叩く新になにも返さずに、無言でボールを取りにいく。もう一回、また一回と無言のまま三本連続でシュートを決める。新がなにか言っているが、集中している僕の耳には届かない。

「あと一本なんだ」

あの日、楓が言った先輩の記録は三本。リストの連続四本はそれを超す本数だ。でもそれは無理だと返したのだ。だってそうだろう。バスケ部の人間にできないのに、素人が敵うはずもない。

じゃあ一本でも多く決めようと目を瞬かせた楓に、僕はうなずいたのだ。まだましだと思ったから。

僕が、言ったのだ。

彼女があの日を憶えていてここに書き出したのなら、僕はその小さな約束を守らなければならない。守ったところで彼女はいないし、報告する場所もない。どうだできただろって、得意げに言うこともない。

ただ、ここで決めないと僕はたぶん後悔する。あの日を思い出したからなおのこと、死んだ人間と交わした小さな約束を、叶えられない自分が嫌だった。

目を閉じ、集中する。かじかんだ指の感触を何度も確かめるようにボールのざらざらした表面に指を滑らせた。そして、目を開けた。

真っ直ぐ、指の先に力を入れ放ったボールはぶれることなくゴールへ向かった。それはまるでスローモーションのようで、視線は軌道を追う。ボードに当たりゴールの枠に落ちたボールは円形の枠を何度か回った。そして力を失い傾き、ネットの中に落ちていった。

連続七本、僕にとっては四本目のシュートだった。

ガッツポーズが出た。爪が手の平に食い込むほど強く拳を握り締める。言葉は出なかった。

ほら、できただろ。無理難題ばかり押しつけられたけど、僕にだってできた。あのときの言葉どおり約束は守った。素人が数時間でここまで成長したのを、褒めてくれたっていいだろ。けれど、すごいと跳ねるように喜ぶ声も、格好いいと言いながら頭をなで回してくる姿もない。

そんなのわかっている。この世界に、楓はもういないんだから。

でも今日だけはなぜか、その声が聞きたかった。その姿を見たかった。リストをこなしてから初めて、彼女に会いたくなった。

「ひとりでできちゃったじゃん」

「やれるとは思わなかった」

「まあでも、なにはともあれ」

「クリア」

新とハイタッチをして鞄の中からリストを取り出し、蛍光ペンで線を引いた。額から零れ落ちた汗が、まだ見えぬ茶色の体育館の床に落ちる。歩くと、キュッと音が鳴った。
四十三、友達と四人以上でクリスマスパーティーをする。
「両親、デート行ってて夜まで帰ってこないから」

見慣れぬ道、一軒家を背景に腕を組んでそう言った矢沢に頭を下げた。

十二月二十五日の午後三時過ぎ。片手にさげたケーキの箱を無言で渡すと、彼女はよろしいとうなずき玄関前の門を開ける。

「助かった」

靴を脱いだとき、自宅では香らない花の匂いがした。靴箱の上に置かれたルームフレグランス、家族写真は矢沢が制服を着ていたから、おそらくここ最近のものだろう。並ぶ靴の数でほかのふたりがまだ着いてないことに気づく。それもそうだろう、約束は午後五時だ。

もう片方の手に握っていたスーパーの袋を、リビングからキッチンに向かった彼女へ手渡す。ケーキを冷蔵庫に仕舞った矢沢はそれを受け取り、台の上に置いた。

「もっと感謝すべき」

「いや、うん。そのとおりです、はい」

彼女が冷蔵庫に仕舞ったケーキは二箱。ひとつはみんなで食べるホールのショートケーキ、もうひとつの箱は矢沢に献上するお菓子とプリンである。

事の始まりは数日前に遡る。その日は二学期最後の登校日だった。年が明けたら進路面談をするという担任の言葉に、教室は不満の声であふれた。僕の前に座っている新もそのひとりで、今から考えられるかとぶつくさ文句を言う。

僕にとって来年は終わりの年だ。進路を決めたところで進む未来はどこにもない。だから気楽だった。適当にそれっぽいことを言って話を合わせようと考えながら、脳の別の場所で数日後に迫ったクリスマスパーティーをどうするかを思案していた。

最初に思いついたのは自宅だった。立案したのは自分だから、会場にするのも自宅がいいだろう。けれど言い出せなかったのは僕が来年死ぬことを三人に隠しているからだ。

自宅に招けばどこかのタイミングで両親が口を開いてしまうかもしれない。言わないでほしいと願っても、感極まって言ってしまう可能性がある。

なんて言ったって僕が自宅に楓以外の人間を招くことなどなかったから。最後の最期で家に呼ぶような友人ができたのかと、喜びと切なさが交じって両親が涙を滲ませた日には言い訳ができなくなる。よくも悪くも、僕の両親は息子と反対に感情が豊かなのだ。

まだ、彼らには言うべきではないと思っていた。言ってしまったら、僕がどうしてリストをやり遂げようとしたのか勘繰られてしまうだろうから。最期の一年だから、やりたいこともないから楓の願いを叶えようと思いはじめたが、そこに大きな意味なんてないと、僕はそう思っている。

知られたとき、同情もなにもされたくないから。僕は自分が死ぬことに恐れを抱いてはいないからだ。彼女の死が、人は簡単に終わるものだと教えてくれた。

それに、伝えることで今の関係性が変わってしまうのが嫌だ。叶うなら、最後までなにも知らずにいてほしい。でもたぶん、どこかで僕は言うのだろう。それがいつかはわからないが。

というわけで立案者が自宅は無理だと言うと、勿論、ブーイングが起こった。矢沢と新はふたりして文句を言い、三上は慌ててそれをなだめていたが、理由を言わないと納得しなさそうだったので僕は嘘をついた。

「去年までいた人間がいなくなったから、両親にも思うところがあるっぽい」

それを聞くとふたりは黙った。申し訳ないがこればかりは譲れない。三上はひとり疑問符を浮かべていたが、今度話すとだけ口にし、彼女の視線から逃げた。

ちなみに去年のクリスマス、楓は我が家に来ていない。彼女の居場所は勿論病室。真っ白な部屋でケーキを持ってこいと僕に駄々をこねたが、当時は食事制限があったので食べられず、スマートフォンの画面に映ったケーキの写真を見つめて半べそをかいていた。

考え込んだふたりだったが、新の家は幼稚園生の弟とその友人家族が何人か集まって昼頃からパーティーをするらしく無理、三上は受験生の妹がいるためしばらく自宅に人を呼ぶのは駄目だと言われているらしい。

頭を抱え唸りはじめた矢沢は突然、もう！　と怒鳴った。そしてどこかに連絡をする。スマートフォンの画面を滑る指の速さが尋常ではなく僕は驚いてしまうが、彼女は視線を画面に落としたままこちらに問いかけてきた。

「何時から？」

「何時って……俺はいつでも大丈夫」

「俺、夕方がいいかも～。弟たち愛でてから行く」

「私は午後だとありがたいかな」

「……つまり夜空けとけばいいってこと？」

「そう、なる」

じろりと睨んできた矢沢にうろたえながらも返答すると、彼女は画面を見せてきた。

「五時から九時までならいいって」

「矢沢の家？」

「……文句ある？」

「ちがうちがう！　本当にいいのかって」

画面には彼女の母親からだろう、『お母さんたちデート行ってくるね』とハートの絵文字がついた返信が来ていた。

「本当に大丈夫？」

三上の心配そうな問いかけに矢沢の視線は彼女に移った。突然睨まれた三上は萎縮するも、気になってと呟く。矢沢は大きくため息をついてまるで自分が脅したみたいだと言うが、実際その睨みは人を萎縮させる。

「ママたちクリスマスイブには毎年デートするの。だからその予定を二十五日にしてもらえないかって聞いただけ」

「仲良いね」

「とりあえず、夜には帰ってくるけど、それまでだったらいいって」

解決、と彼女は手を叩き、次の話題を探す。僕は衝動的に、一瞬で問題を解決してしまった矢沢の手を取り、感謝の言葉を口にした。ありがとうと真っ直ぐ見すえて声に出したとき、不機嫌そうな矢沢の顔が一瞬崩れ去った。

「あとは連絡して！　戻る!!」

ベランダに出た矢沢が足早に自分の教室へ向かったのを新は笑みを浮かべながら見送り、腕を組んだ。僕はリストを手にしたままベランダに出て彼女を追いかける。冬の厳しい寒さがカーディガンの裾から侵入し、身震いした。

「矢沢！」

自分の教室に繋がる窓を開けた彼女は立ち止まる。

「なに？」

「いや、ありがとう」

「さっきも聞いたんだけど」

「うん、改めてもう一回言っとこうと思って」

「なにそれ。意味わかんない」

眉間にしわを寄せたまま首を傾げた彼女にノートを開いて見せた。

「これで四十三番ができるんだから助かった」

「……どういたしまして」

ノートをじっと見つめた矢沢がなにかに気づいたようにこちらへ近づいてきた。僕が問いかける前に彼女の指がある一文を差す。

「あんたこれ読んだ？」

「なにが？」

それは四十三番の右ページに書かれた一文だった。

「クリスマスディナーを作る……？」

目を見開いた矢沢と僕はリストとお互いを二度見する。

「あっぶな！　見逃すところだった!!」

「だからある程度先まで読んどけってうち言った！」

慌てた僕らは、気づいてよかったと何度も口にする。彼女が気づかなければ僕は四十三番に気を取られて、すべてが終わった後でこの一文に気づいたかもしれない。僕の意識は矢沢が四十三番を見つけてからずっと、クリスマスパーティーをすることに持っていかれていたからだ。

僕にクリスマスはもう二度と訪れない。本当に気づいてよかった。

「でもちょうどいいね」

「作ってパーティーに持ってこいって？」

「それ以外なにがあるのよ」

「あー、うん。ね、はいはい」

煮え切らない僕の視線は宙を泳いだ。下から矢沢の鋭い視線が飛んできていることに気づくも、目を合わせられなかった。

「まさか……料理できない？」

小さく身体が跳ねた。それがすべてだった。矢沢は口もとに手を当て、馬鹿にしたような笑みでそっかと繰り返す。鋭かった目は三日月を描き、からかいの対象を見つけた喜びであふれていた。反撃できない僕は真冬の澄み切った青空を見上げることしかできない。

僕には苦手なことがたくさんある。人付き合い、運動、なにかを継続すること……今思いつくだけでも両手の指がなくなる。けれど、今までできなくともそこまで問題だとは思わなかった。人付き合いが苦手でもそれなりにやってきたし、運動は体育の時間が憂鬱なだけだ。継続は今、リストを叶えることで初めてできている。

だがそれらをすべて差し置いてできないことがある。料理だ。僕が料理をすると食材はたちまち黒炭と化す。レシピを見て手順どおりに作ってもなぜか形にならない。僕の壊滅的な料理センスには、彼女が見ている中で何度か挑戦したことがあるがすべてを済ます楓でさえ言葉を失った。夕吾をキッチンに立たせるなと楓がうちの両親に約束させたほどである。ちなみにできあがった料理とは言えない代物を食べた両親はそれに激しく同意した。

そう、それほどの腕なのだ。

すべてを説明した僕を、矢沢は大袈裟だと言って笑い飛ばした。いや、全然大袈裟じゃない。事実なんだと返したかったが、それは彼女の言葉によって遮られる。

「プリンとお菓子で協力しよう」

そういうわけで、当日を迎えた僕は早めに矢沢の家に来たのだった。

「ローストビーフにサラダとピザ、チキンは新が買ってくる」

　食材を仕分けしながら淡々と準備を進めていく矢沢に僕は再度、本当に大丈夫？と聞く。

「大袈裟なんだって。料理なんて誰でもできるでしょ」

「それができないから困ってる」

「はい、まずピザ生地を作ります」

　黒のエプロンを投げつけられ、それをつけながら彼女の隣に並ぶ。手を洗い、隣に用意されていく材料を一瞥し、矢沢の慣れた手つきに口を開いた。

「普段から料理してる？」

「たまに。親が仕事で遅いときとかうちが作ってる」

「まじか」

「意外って？」

「まだなにも言ってない」

　矢沢と仲良くなってから日は浅いが、人を見た目で判断するものではないと何度も考えさせられている。同時に、彼女と絡む前の自分を少しばかり恥じた。

　なにも知らず、勝手に決めつけたイメージで他人を見ていたのだ。無彩病になり楓のリストを叶えようと思わなければ、ずっとなにも知らないままだった。誤解し続け、彼女に苦手意識を持ったままだっただろう。

つくづく思うのはこれまで僕がどれだけ他人に対し興味を持たず、遠ざけてきたかだ。目のこともあり理解してもらえないと勝手に決めつけ線を引いた。たしかに子供の頃は人とちがう見え方のことでからかわれ、いじめられたりすることもあった。でも思う。

先に線を引いたのは僕の方だった。

「ちょっとなにしてんの！」

矢沢の怒号が飛び、思考の世界に飛び立っていた僕の意識が戻る。手もとでは、まとまるはずだったピザ生地がなぜか散乱していた。

「なんでこうなる!?」

「俺も知りたい」

「真剣にやって」

「やってるよ!?」

同じ分量、レシピどおりの材料、隣で綺麗な生地を作り上げた矢沢とは正反対。僕の手もとはぐちゃぐちゃで、彼女は信じられないものを見る目で顔を歪ませる。

「どうすればいい？」

心底呆れたのか、大きなため息をついた彼女は生地になれなかった残骸を集めてこう言った。

「手を出すな」

そこからは散々だった。なにをやっても料理にならない僕と怒鳴る矢沢。怒られるだけの理由がある僕は、謝罪を繰り返しながら彼女の指示に従った。包丁の持ち方ひとつで危険視されたときには、いかに自分がやばいのかがわかった。

結局ほとんどを矢沢が作り上げ、僕は邪魔をしていただけとも言える状況だった。けれど、彼女はすべての調理が終わった後、ノートを渡してと手を出してきた。

「クリア」

花のイラストが描かれたペンで線を引いた。灰色のそれは、僕にはまだ見えない色彩だ。

「これクリア?」

「クリアにしないと二次災害が起きる」

テーブルの上に並べられた料理に無言で首を縦に振る。

「大野が作ったのは事実でしょ」

サラダを指差した彼女だが、本来なら包丁を使うはずだったのに危ないと判断され、ちぎるだけの作業で作り上げられたものだった。これでいいのだろうか。悩む僕に彼女は小さく息を吐く。

「頑張ったのはわかってるからいいの」

矢沢のひと言にぱっと顔を上げる。変わらず不機嫌そうな表情を浮かべていたが、それでもそのひと言で僕の気持ちは少しばかり浮上した。なにもできない、散々な状態だったのに、彼女がしっかり見てくれていたことに小さな喜びを抱いた。たとえるならそう、お手伝いが成功したときの子供のように。

たぶん楓の言う料理はこんなものではないのだろう。野菜をちぎって作っただけサラダなど彼女はきっと作らない。ただ僕にとってはこれが限界だ。お願いだからこの先、料理系統のリストは現れないでくれと切に願う。

ひと息つこうとしたそのとき、インターホンが鳴った。画面越しに三上が映っていた。そのうしろから飛び出すように新も現れる。

時刻はちょうど午後五時になっていた。

「ふたりとも来た」

「時間通り」

「俺が片付けするよ」

「皿洗い任せて割られたらたまったものじゃない」

信用ゼロ。泡のついた手でバツを作った彼女はすぐに手を洗い、玄関へ向かう。なにからなにまで申し訳ないと思いながらも、僕は両手を上げたままなにも触らず立ち尽くしていた。すぐに三人の声が聞こえ、リビングの扉が開かれる。両手を上げた僕の姿に新と三上の目は大きく見開かれた。

「先に着いてた？」

「やることがあって矢沢に協力してもらってた」

「あーなるほどね」

「なんのこと？」

僕らの会話が理解できなかった三上に、いろいろありましてと新が返事をする。そしてテーブルの上を見て、目の前に並んだ料理に感嘆の声を上げた。

「えぇーすごい！　夕吾が作ったの!?」

「いや、ほとんど矢沢」

「矢沢さん、お料理得意なんだね」

拍手をする三上に興奮する新、そんなふたりに照れくさそうにしながらも矢沢は称賛を素直に受け取っていた。けれど彼女は、ちゃんと大野も作ったと言った。

「ちぎるだけのサラダ？」

「包丁を禁止されたもので」

「だってこいつ逆手で持とうとしたんだもん」

「うわ、やば」

「大野くんなりに頑張ったんだよね」

チキンを矢沢に渡した新が本気で引いている。僕はもうなにも言わない。この件に関しては責められるだけのことをした。三上がかけてくれた優しい言葉すら、心臓に刺さる気がする。

「もうしない」

「できないのまちがいじゃない」

「どうしてもやらなきゃいけないならまた矢沢を買収する」

「あー、なるほど。なにで釣れたの？　プリン？」

「なんでわかるんだよ」

「なんとなく？」

にこやかに笑った新は早く食べようと急かしてきた。四人で食べるには多すぎる量だったが、これも大食いの彼がいることを見越してだった。配膳を手伝うとキッチンに駆けていった三上に、残された僕らは床に座る。

「で、なんだったの？」

「〝クリスマスディナーを作る〟」

「それはまたタイムリーな願いだね」

つまみ食いをしようと伸ばした彼の手を叩き、矢沢にばれたら怒られると視線だけで訴えた。伝わったのか彼は大人しく両手を膝の上に置いた。

「それで矢沢に頼んだの？　家で作ってくるって発想はなかった？」

「家では食材が可哀想だからキッチンに立つなと禁止令が出てる」

「あまりにできなさすぎて？」

「昔、俺の壊滅的な料理を見た楓が両親に約束させた」

それは今でも守られている。僕が普段手に取らない調理器具を手にしただけで両親の顔がこわばるくらいには。説明をすると彼は腹を抱えて笑った。

「うちで作ればよかったのに」

「弟の友達が来るって言ってただろ」

「そうなんだけど。ああでも、子供の前で危ないことはできないか」

なんだか釈然としない様子の新に疑問を抱くも、会話は女子ふたりの声で遮られた。

皿を配る三上に飲み物を出してきた矢沢。タイプのちがうふたりだが、今日に至るまでどんなパーティーにするか何度も話し合っていたらしい。気が合ったようで女子ふたり仲良く話し、僕らが置いていかれることもしばしばあった。

三上はずっと矢沢と話してみたかったようだ。彼女の爪が綺麗に彩られているのに気づき、自分にはできないけれど密かな憧れを抱いていたのだとか。人の目を気にせず好きな格好でいる矢沢は、三上にとって羨ましいと思える相手でもあったらしい。

たしかに矢沢は話してみると、華やかな見た目とは裏腹にしっかりしていて根が真面目だ。だから三上とも仲良くなれたのだろう。正直、パーティーをやると決まってからふたりの接点がないので心配していたが、始まってみればそれは杞憂だったらしく笑いが絶えなかった。

「これうまい、これもうまい」

隣で料理をかき込むように食べる新に笑いながらも、僕は誰かとこんな時間を共有したのはあの日以来だと気づいた。

「クリスマスはパーティーです!」

いつかの十二月だった。まだ楓が入院する前の話。僕の部屋で机を叩きパーティーと連呼する彼女に、ベッドの上でゲームをしていた僕は、勝手に行ってこいと返した。

「ちがうよ、ここでやるの」

「誰と?」

「ふたりで」

「パーティーって大人数でやるのが正解じゃない?」

画面から目を離さない僕の右手を楓が摑んだ。ボタンを押す指がぶれて慌てるも、一瞬で画面にはゲームオーバーの文字が映し出される。彼女を責めようと睨みつけたが、それは言葉でかき消された。

「ふたりでも、パーティーはパーティーだよ」

「……友達とやってこい」

「私が夕吾とやりたいんだけど。ていうか、毎年必ずどっちかの家でご飯食べてるじゃん」

「それでいいだろ」

「ちがうって！　今年はふたりでやるの！」

家族ぐるみで仲の良い僕らは、毎年クリスマスにどちらかの家で食事をするのが習慣となっていた。楓は成長するにつれ、イブを友人と、クリスマス当日を僕らの家族と祝うようになったが、彼女の提案はいつもと変わらないと思った。

「今年は私の家でしょ。だから当日にふたりだけで夕吾の家でパーティー！」

「一緒じゃん」

「一緒じゃない、ふたりってとこにちがいがある」

「たとえば？」

思いつかない僕は手を止める。このままゲームを続けても、先ほどのように妨害されるのは目に見えていた。彼女は一度スイッチが入ると話を聞いてもらえるまで止まらないのを、長い付き合いの中で知っているからだ。

「いつもなら食べられないものも食べられる」

「たとえばなに」

「普段は手料理だけど、ジャンクフードで埋め尽くすこともできる」

それは、少し魅力的だ。寝転がったまま彼女の声に耳を傾ける。僕も彼女も、年相応にジャンクフードが好きだった。

「普段は食事して話すくらいで終わるけど、ゲームしながらでもご飯を食べられる」

「行儀の悪いことができるって話な」

「そう！　親の目を気にせず自由にできるし、どう？」

キラキラした目で顔を覗いてきた彼女の顔が近くて思わず跳ね上がる。距離感がおかしい。バクバクと鳴る僕の心臓など知りもしない楓は、ほら、と返事を急かした。きっと、うなずく以外の選択肢はないのだろう。

僕の人生はいつもこうだ。やりたいことなど思いつかないから彼女の願いを聞いている。今回もそう。僕はどちらでもいいと思った。例年どおりでも、彼女の提案でも。でもきっと、断れば楓は悲しい顔をするのだろう。それだけの理由で、僕はいつも彼女の提案にうなずいた。

「……任せる」

どちらとも取れる返事。けれど彼女は知っている。楓にとってこの言葉は肯定となることを。

「決定ね！」

花が咲いたように破顔した楓を横目に僕は苦笑する。きっと、こうやって日々は過ぎていくのだろうと思いながら。

その年のクリスマスは彼女の言葉どおり、テーブル一面に広がったジャンクフードを摘まみながらふたりでゲームをした。飾り気のない僕の部屋には電飾が吊るされ、小さなツリーが置かれた。店で買ってきたのだろう、パーティーグッズを身に纏いながら大笑いする彼女の姿につられて僕も笑っていた。

「クリスマスといえばこの色だよね！」

ツリーとサンタ帽を被った楓をあしらう。緑と赤、ふたつの原色が年に一回、一番活躍する日だよと楓は楽しそうだが、僕は無視してゲーム機の電源をつけた。

コントローラー片手に、汚れるのも気にせずフライドポテトに手を伸ばした。お互い画面に夢中になって真剣勝負を繰り返す。レースゲームでコントローラーごと身体を傾ける楓が邪魔で、肘でつつきながら注意するのにも慣れてしまった。

接戦となった瞬間、事件は起きた。白熱するあまり楓が身体を左に大きく傾け、バランスを崩した。それに気づいた僕は咄嗟にコントローラーから手を離し、彼女の身体に手を伸ばす。倒れた先にあるのはベッドのフレーム、つい先日楓が足をぶつけたとき、木でできたフレームが欠けてささくれができてしまったのだ。このまま行くと彼女に当たる。咄嗟の判断だった。

　僕の手は彼女の後頭部を支え、反対の手で腕を摑んでいた。けれど、僕のか弱い筋肉は勢いに負けた。手の甲をささくれが掠め、痛みが走るのと、床に倒れ込んだのはほぼ同時だった。

「痛ったー……」

　目をぎゅっと瞑ったままの楓が瞼を開ける。僕は固まったままだった。

　十数センチ。彼女と僕の顔を隔てているのは眼鏡しかなかった。その眼鏡もずれ、楓の鼻の頭に当たっている。唇を突き出せば触れてしまいそうなほどの距離に、楓は驚き小さく声を漏らした。

　彼女の大きな瞳が何度も瞬きを繰り返した。身体は動かないのに、僕の頭はよく回っていた。

　触れた髪は、こんなに柔らかかっただろうか。摑んだ腕は、こんなにも細かったか。唇は艶めいていたか、目尻に流れる睫毛は長かったか、身体は熱かったか。自分からは香らない匂いがした。そういえばシャンプー替えたって話してたっけ。

　そんなことばかりが頭に浮かんでは消えていく。

「……夕吾」

楓が囁くように、僕の名前を呼んだ。それは離れてほしいの合図ではなかった。そんな声で呼ばれたことなんてない。いつだってはつらつと、明るく僕の名前を呼んでたじゃないか。なんで今。この瞬間。

切なさが入り混じった声で呼ぶのだ。

どちらが近づいたかはわからない。僕は無意識だった。眼鏡が浮き上がり、ピントが合わず視界が楓でいっぱいになるほど近づいた、そのときだった。

「痛ってぇ！」

痛みに思わず声を上げた。楓は驚き、僕は彼女ごと起き上がり手を離す。後頭部に添えた手の甲に、ひと際大きなささくれが刺さって血が滲んでいた。

それを見た楓は一変、慌てて立ち上がりささくれを取ろうとする。触れた手に、もう先ほど感じた熱はなかった。

「ごめん～……」

半泣きになりながら慣れた手つきで手当てをする楓のつむじを見つめ、なんとも言えない気持ちになり視線を逸らす。画面の中では、ほかのキャラに負けた僕らのアバターが、並んで立ち往生したまま時間切れになっていた。

「来た！　一位！」

矢沢の声にハッとする。三上の手で華やかに飾りつけられた部屋はあの日とはちがい上品な装飾で、視界にはちらほら色彩が映っている。それでも、あの日の方が綺麗だと感じてしまったのは、脳が脚色しているからだろうか。

「夕吾そこ！　矢沢に投げろ！」

「このアイテムどうやって使うんだっけ!?」

「三上、それはBボタン！」

レースゲームの最中だった。トップを独走していたはずの僕はいつの間にか最下位へと転落していた。三上と協力して矢沢を追い落とそうとしている新に、気を取り直してコントローラーを握り締める。

気を抜いていたらこれだ。負けるわけにはいかないと、アイテムを矢沢に投げようとしたが、どれが彼女の機体かわからずためらってしまう。

「矢沢どれ!?」

「うち最高にかわいいピンクのやつだけど、大野はもう追いつけないよー！」

「色で言うな、色で！　わからない！」

「あー頭に王冠ついてるやつ！」

新の補足を聞きマップを見て、一番前で走っている王冠のついたキャラクターの乗る機体へ、持っていたアイテムを投げつける。

「遅い！」

けれど当たる前に彼女はゴールしてしまった。一瞬のやり取りで遅れた結果、矢沢を取り逃したうえ、僕は最下位になってしまう。

「負けたー！　一回も一位取れなかった！」

悔しそうに言った新に続き、三上が僕を見て呟く。

「大野くんが強すぎる……」

「これぱっかりやってたから」

「その割には最後負けたけどね」

得意げな顔で席を立ち、飲み物を取りに行った矢沢に三上がもう一回したいと言うも、時計の針は九時を指そうとしていた。

「もうおしまいだね」

三上の言葉に顔を合わせる。早かった、もっとやりたかったと口々にみんなが笑いながら話すのを見て、僕はありがとうと感謝の言葉を口にした。

「なに突然」

「いや、助かった。ありがとう」

リストを叶えられたこと、そして楽しい時間を過ごせたこと。僕ひとりの力では実現できなかった。助かったという言葉に引っかかりを憶えたらしい三上は僕の顔を覗き込む。僕は彼女にだけ言っていなかった話をした。

　クリスマスパーティーをやろうと言ったのは死んだ幼馴染がやりたかったことリストに書いてあったから。それを今ひとつひとつ叶えていると、順を追って説明した。

最初はショックだったのだろう、口もとに手を当て眉尻を下げた三上だが、だんだんと話していくうちに表情は和らいだ。その様子を、ふたりは黙って見ていた。

「だから、三上を誘ったのはそれが理由だった」

　不快にさせてごめんとも口にする。リストが理由で呼んだと知れば、嫌な気持ちになってもおかしくないと思ったからだ。けれど、三上は首を横に振った。

「ううん、むしろ嬉しかった。おかげで楽しい時間を過ごせたし、矢沢さんとも仲良くなれた。きっかけはなんであれ、私は逆に感謝してる」

「そっか」

「この先もリストは続けていくの？」

　彼女の言葉にうなずき、ノートを取り出した。それを手に取った三上は表紙をなでる。それは、大切そうに。

「もしよければ、私も協力させてくれないかな？　できることがあればだけど」

「いいの？」

「うん。ひとりでも多い方が叶えやすくない？」

　三上の申し出に、再び手もとに戻ってきたノートを握り締めながらありがとうと小さく言葉を漏らしたのは、純粋な好意の受け取り方がわからなかったせいなのか。それとも、いつかのクリスマスを思い出してしまったせいなのかはわからない。

「帰ろう」

　間延びした新の声にクスクスと三上が笑い、立ち上がって玄関へ向かおうとする。

「あんたは片付け」

　見送ろうとしていた矢沢の、料理を手伝ってやっただろうと目線に含まれる圧が僕を襲った。はい、と小さく返事をし、先に帰る新と三上を見送った。

　テーブルの上を片付けながら、ひとり考えにふける。

　リストをこなせばこなすほど僕は変わっていく。その変化をどう受け止めればいいのか、わからなくなってしまうのはおかしいことだろうか。言葉にならない感情を整理する時間が欲しい。不思議な感覚に、足を止めてしまう瞬間が増えた。

「次、こっち片すよ」

　皿洗いを終えた矢沢が部屋につけた装飾をはがしはじめた。クリスマスを意識したのだろう、真緑のモールとリボン、濃い灰色のモールが交互に釣り下がっている。僕は彼女の反対側からモールをはがしはじめた。

「これで捨てちゃうの勿体ない」

「たしかに」

パーティー用の装飾は、一度使われたら再利用されることは少ないだろう。次の年も同じようにやるとは限らないし、なにより保管するのに場所を取る。それでも買ってしまうのは、あるだけで会場が華やかになり、クリスマス気分を味わえるからだ。

「咄嗟に言ってごめん」

「なにが？」

「さっき、見えないのに色で伝えた」

セロハンテープをはがす手が止まった。振り返ったが矢沢はこちらを見ず、装飾をはがすのに夢中だ。

「べつに矢沢が気に病むことじゃないだろ」

「新にも言われた。本人は気にしてないからって」

「そのとおり」

「あんたが気にしなくても、言ったこっちが気にするでしょ」

それはたぶん、優しい嘘なのだろう。僕がこの目のせいで周囲と距離を取ってしまったと、新が矢沢に話したことがあると聞いている。

「視界が灰色ってどんな気分？」

「生まれつきそうだったから気にならない」

「たしかに生まれたときからだったら気にならないか」

べりっと大きな音を鳴らし、矢沢が取ったモールを床に投げ捨てた。

「じゃあ装飾してもあんまり意味なかった？」

「いや？　あるとないとでは全然ちがうだろ。俺がわからなくてもみんなはわかるし」

真緑のモールを手に取ったとき、ふと楓が話していたことを思い出した。

年に一回、一番活躍する日だよって。瞳にはまだ赤色が映らないけど、この深い緑色が彼女の言っていたクリスマスの色だというのはなんだか納得できた。

これが、クリスマスの色。

「この緑とか綺麗だし」

「……は？」

振り返った矢沢と目が合った瞬間、自分の発言を酷く後悔した。

やってしまった。過ちを取り消すにはすでに遅く、彼女は見えないんじゃなかったの？　と目を瞬かせる。

「……嘘ついてた？」

「……ちがう」

動揺して指先が壁の照明のスイッチに触れ、視界が暗くなる。暗くなった室内で必死に状況を打破できるか考えたが、そんなことができるわけもなく、静まり返った部屋で口を開けては閉じるを繰り返した。

話さなければならないだろうか。どこかで言おうと思っていたけれど、それはずっと先、死の直前のことで今じゃない。そんな言葉が、脳に浮かんでは消えていく。言い訳すら出てこず、結果、僕の口から出たのは誰にも言わないでという口止めだった。

電気の消えた部屋に月明かりが差し込んでいた。僅かに開いた扉から廊下の光が差し込み、怪訝な表情の彼女を照らす。手に持っていた真緑のモールはゆっくり、指の隙間から滑り落ちた。

「無彩病なんだ」

口にすればストンと、落ちた言葉。空っぽの心にただひとつだけ、この単語が存在しているような気分。

矢沢の目が大きく見開かれる。光を吸い込んだようにも思えた。

「本来なら色彩が失われるのが無彩病なんだけど、もともと俺には色彩がなかったから色づいていくんだって。でも、無彩病であることは変わらない」

世界は色づいていく。徐々に、見えなかった色が見えていく。それは誰にも見えない死の足音だった。

「来年の十月下旬頃——死ぬ」

楓が死に、金木犀が散った頃に死ぬ。眠るように、最期を迎える。

「死ぬのは怖くないんだ。正直やりたいことなんてなにもなかったから。でも最後の一年だって知った日に偶然、楓の母親からリストをもらった」

憔悴しきった楓の母親からあのノートを受け取ったときに思った。

「これが最後なら。残り一年、楓のやりたかったことを叶えてから死のうって決めた」

真っ直ぐ、彼女を見すえた。矢沢の頬を、雫が滑り落ちた。光が睫毛についた雫を輝かせている。こんな状況なのに綺麗だと思ってしまった自分がいた。

「だからみんなを利用してる」

僕は死ぬまでにこれを終わらせたい。向こうに行って楓に言いたい。ほら、代わりにやりきったぞって。最後だからこそ、彼女の願いを叶えて終わらせたいのだ。

だってずっとそうだったから。

僕はずっと彼女の願いを叶えてきたけれど、いつだって曖昧な返事で能動的に協力しようとはしてこなかった。もしかしたら、これは贖罪なのかもしれない。

ずっと、彼女にすべてを任せてきたから。一度だって、自分から叶えてやろうとは思わなかったから。

――あの日、メッセージを返さなかったから。

矢沢の瞳からポロポロと零れ落ちる涙に手を伸ばせなかった。そんな関係じゃないからではなく、この涙を拭っても僕が死ぬのは変わらないからだ。放った言葉は嘘にならず、現実は残り一年にも満たない。

「馬鹿じゃないの」

嗚咽を隠しきれず、顔を手で覆った彼女は何度もしゃくりあげた。

「馬鹿、馬鹿、本当に馬鹿」

「ごめん」

「嫌だ、馬鹿」

なんでよ、と口の隙間から漏れた悲痛なひと言が、先ほどとはちがう意味で心臓に突き刺さった。なんでと言われても、どうしようもないことだってわかっている。きっと、彼女もわかった上で口にしている。

「せっかく——」

なにかを言おうとした彼女の言葉を遮るように、鍵が回り玄関の扉が開く音が耳に届いた。

「ごめん」

なにも言えなくなった僕は荷物をまとめ、部屋を出た。すれちがった彼女の両親に軽く頭を下げお礼の言葉を述べたのち、足早に帰路につく。

摑んだままのコート。刺すような寒さが身体中を刺激した。

イルミネーションに彩られた街がもう二度と見られない景色だと気づいたとき、口の端から白い息が漏れた。

鼻の奥が、つんとした。


矢沢と話さないまま年末になった。大晦日の夜、新や三上とともに初詣の長い行列に並んだときも、彼女は来なかった。三上が誘ったときは乗り気だったが、僕がいると聞いた瞬間、用事があると言って断ったらしい。ふたりになにかあったのかと聞かれたが答えられず、適当に喧嘩をしたとごまかす。

「矢沢を怒らせたの？」

「そんなところ」

「パーティー会場におうち使わせてくれたのに……」

「それとは別の問題で」

ふたりが矢継ぎ早に理由を挙げていくが、当たり前だけどそこに本当の理由はなかった。あの後僕はメッセージで謝罪した。『隠してて悪かった』とひと言だけ。

既読はついたが返事はなかった。散々楓に対し既読をつけて返事をしなかったくせに、いざ自分がやられる立場になるとモヤモヤした。

僕が利用したことが許せなかったのだろう。それもそうだ、残り一年で死ぬから幼馴染の願いを叶えている。そのためになにも言わず力を借りていたと言われたら、僕だって苛立つかもしれない。

けれど矢沢が言いかけた言葉が引っ掛かっていた。彼女はあのとき、涙ながらになにを言おうとしたのだろうか。考えたところで答えは出てこない。それもそうだ、僕は矢沢じゃないから彼女の思考回路を読むことはできない。

「動きはじめるな」

新の言葉に現実へ引き戻される。目の前にできた長蛇の列は、今か今かとそのときを待ち侘びながらじりじり前に進んでいく。年が変わるまでまだ時間があるが、僕らは列に並んでいた。それもリストのせいである。

「にしても除夜の鐘を鳴らすなんて、リストになかったら一生やらなかったかも」

そう、リストに除夜の鐘を鳴らすという願いがあったのだ。これには僕もたまげた。なぜなら楓は、毎年鐘の音がうるさいと文句を言っていたからである。日本の伝統文化を、うるさいから鳴らさないでほしいと彼女は一蹴していた。まあ、これには僕も大いに同意したけれど。僕らの家の近所には大きな寺があったのだ。

毎年多くの参拝客が集まるその寺では、大晦日の夜になると除夜の鐘を鳴らすために人が殺到する。音は町に響き渡り、家の中にいても独特の重低音が聞こえるのだ。大切な伝統だとわかってはいるけれど、うるさいものはうるさい。

ずっと彼女と年を越してきた。夜の十時頃、呼んでもいないのに彼女は必ず僕の部屋へ現れた。なにをするわけでもない、他愛もない話をして十一時が過ぎるとテレビを大音量で流しはじめるのが僕らだけの習慣だった。この日ばかりは両親も文句を言わず、鐘の音から逃げるように音楽番組を流し続けた。

今年は音楽番組さえ見なかった。夜の十時前に家を出たのもいつもとちがう。けれど年を越すのもこれが最後だ。最後の一年で変わってしまった習慣に目を閉じる。楓はなんと言うだろうか。夜中に友達と出かけるなんて、と感極まったふりをするかもしれない。

ただ、リストがなければ今年も僕は部屋から出なかった。テレビはつけず目を閉じ、大音量でイヤホンから音楽を聴き、時が過ぎるのを待っていただろう。

「除夜の鐘って何回鳴らすの？」

「一般的には百八回みたい。百七回今年の間に鳴らして、最後の一回を年を越した後に鳴らすって」

「なんで百八回？」

「人間の煩悩が百八個あるのが由来って話聞いたよ」

「人間酷いな」

ゲラゲラ笑う新の隣で、三上が除夜の鐘について端末で詳しく調べている。寒さに身震いがした。列に並んでいるが果たして鐘は鳴らせるだろうか。目の前に並ぶ人々が何人いるか数え切れない。僕らの番が来ればいいけれど来なかったらどうしようと思いはじめてしまう。

「大丈夫じゃない？　……たぶん」

僕の思考を読んだのかそれとも表情に出ていたのか、新が鳴らせるよと肩を叩いた。

その言葉どおり僕らの番は来たが、それは最後の一回、年を越してからの百八回目だった。

「ラッキーだね」

「危なかった……よかったね、大野くん」

「正直結構怖かった」

前に進みながら鐘の回数を数え、鳴る度にまずいんじゃないかと顔を合わせていたが、神は最後の機会を与えたらしい。もしかすると、僕が死ぬのを知っていてこうしたのではないかと思ってしまうくらいラッキーだった。

三人で鐘をつくための縄に手をかける。年が変わり周囲がざわめく中、僕らは吊るされた棒に結ばれた縄を引いた。

「せーの！」

誰が言ったのかはわからない。けれど息を合わせ、棒を前に押して鐘をついた。全身に痺れが走るほどの音圧が脊髄に反響し、雷のように身体の芯へ落ちる。耳が痛いを通り越したその音に硬直してしまう。住職が僕らに拍手を送ったが、三人して音にやられ動けなかった。

固まったまま三人で顔を見合わせた時、新が口を開く。

「二度とやりたくない」

その言葉にうなずいて、僕らはようやく動きはじめたのだった。


その後は関連するリストを叶えるために一時間ほど初詣をした。甘酒を飲む、おみくじを大吉が出るまで引き続ける、境内の階段をダッシュして駆け下りる。どれも想像以上に早くクリアできた。おみくじに至ってはもっと苦戦すると思っていたが、一回で大吉を出せたためすぐ終わった。

「〝待ち人、すぐ近くにいる。気づけ〟だって」

おみくじの内容を見せてきた新に思わず苦笑してしまう。隣に〝失し物、返ってこない諦めろ〟と書かれていて、あまりの手厳しさに彼は肩を落としていたが、これでも大吉である。

「夕吾は？」

僕のおみくじも大吉だったものの、当たり障りのない内容だった。勉学も試験も、僕には関係ないから見る必要がない。けれど彼は待ち人の所を指差した。

「〝待つのではなく会いにいく〟、だって。待ち人じゃないじゃん」

「本当だ」

待ち人とは待っている人のことではないだろうか。僕から会いにいくのは果たして待ち人と言えるのだろうか。待つのではなく会いにいく。不思議な言葉だった。誰に会いにいくのだろう、会いたい人間なんていないけれど。

ふいに浮かんだ楓のうしろ姿が矢沢の泣き顔に変わった。そうだ、謝らないと。謝ったところでどうしようもないけれど、このままなにもしないのはちがう気がした。会っても言うことは変わらない。でもあの言葉の続きを聞いた方がいいのではないかと思ったのだ。

一度、聞き逃した瞬間があったから。

「まぁ、矢沢もそのうち怒りが収まるでしょ」

「大野くん、本当になにしたの？」

「うーん、俺が悪いんだけど、どうしようもないって感じ」

帰路につきながら言葉を濁す。見上げた夜空に輝く一等星が青かった。そうか星にも色があるのだ。上空を見ながら歩く僕にふたりは首を傾げていたが、真冬の空に輝く真っ青な一等星が嘘みたいに綺麗だったから、子供の頃に楓があれが欲しいと駄々をこねていたのを思い出し納得してしまう。

たしかに、驚くほど綺麗で眩しくて水滴より小さい宝石みたいに思えた。実際は手に収まらないほど大きいのに、地球から見た一等星は拳の中に閉じ込められそうだった。

夜空を両手に閉じ込めたい。あの日の彼女がそう言った理由が、今さらわかったのが酷く滑稽に思えた。


年明け最初の登校日、僕が世界からいなくなるまで、まだまだ時間があるように思えるがどうだろう。日常は想像よりもずっと速く過ぎ去っていく。ついこの前除夜の鐘を鳴らしたと思えばもう冬休みが明けていた。

毎日、リストを眺めては死んだ幼馴染の願いを叶えていく日々が当たり前となった。日常は変わり、それが当たり前だと思うまでにそう時間はかからないのを知った。空を眺めるのも積極的に外出をするようになったのも、数ヶ月前の自分にはあり得ない話だった。

ベッドに寝転がる時間が少なくなり、人と連絡を取り合うのが常となった。

冬の朝、僅かに差し込む陽の光に、白んだ空と青灰に染まる部屋を布団から顔を出して見つめていた。濃灰の扉がノックなしに開け放たれることはない。そこから弾けるような声が響き渡ることも。

もっとゆっくり変わっていくものだと思っていた。楓のいない日常に慣れるのも、死の足音を受け入れるのも、すべて時の流れに身を任せればいいと。

けれど現実はそうじゃない。彼女のいない日常にすぐに慣れた自分、死の足音は最初から受け入れていた。時の流れに身を任せ連れていかれるものではなく、僕自身が足を動かして一秒先へ向かっている。

誰かは滑稽だと笑うだろうか。死が近づいているのに、僕は明日が来るのを楽しみにしていた。この目に新しい色彩が映るのをずっと、サンタクロースを待ち侘びる子供のように、ワクワクした気持ちで生きている。


「どこまでできた？」

席に着くと早々に新が声をかけてきた。五十番台まで進んだリストに彼は順調だとうなずいた。次のページはひとりでもできることばかりだ。

「雪遊びだって。これ難しいね」

「来週の予報、雪じゃなかった？」

「でもここら辺は積もらないだろー」

どうだろう。たしかに僕らの住んでいる地域で雪が降るのは珍しいが、結局去年も降って数センチほど積もったため可能性はある。

駄目だったら雪のあるところに行こうと話している中、新が、あ、と声を上げた。視線の先、廊下に繋がる扉の向こう側に矢沢がいた。ばちっと合った視線はすぐに逸らされる。彼女は三上を呼んでなにかを話していた。

「嫌われてるー」

またなにをしたんだと問われるが答えられないからどうしようもない。

「告白でもした？」

「冗談でもやめろ、そういうのじゃない」

ある意味では告白だが。

「にしても矢沢があんなに怒ってるの初めて見た」

「結構普段からカリカリしてない？」

「してるけどなんだかんだ優しいからね。すぐ許すし自分の非も認めるよ。夕吾だって知ってたでしょ？」

「まぁ……」

矢沢は感情的だが自分の非を認めない人間ではない。言い合いをしても許してくれるし基本、根が優しいのだ。

「その矢沢があんなに怒ってるなんて、なにしたのか言えないレベル？」

「……言えない」

彼女であの反応なら新や三上はどうなるのだろう。三上は言葉をなくして泣きそうだ。なんとなくイメージがつく。なら新は？　どんな反応をするか、考える気にはなれなかった。

「なんにせよ、ちゃんと話しなよ？　しっかり謝ったら許してくれるって」

「どうだろう」

ノートを閉じる。やりたいことリスト、表紙の字をなぞりながら楓ならどうするか考えたが、彼女は最後までなにも言わなかったとひとり納得し、息を吐いた。

「テストも近いからしっかり勉強することー！」

帰りのホームルームで耳が痛い言葉が届く。

「今年は受験生だから志望校も決めとくこと！　テストが終わったら個人面談だからなー」

担任がジャージの襟を立て号令をかけた。気の抜けたさよならの挨拶を口にし、騒がしくなる教室内で僕は再び席に着く。

「志望校だって。決めた？」

「決めてない」

「だよねー」

決めたところでそのときには死んでいるからなど言わないが、そもそも病にかからずとも同じように答えただろうとぼんやり思った。今日はどうする？　という彼のひと言に僕は大丈夫と返す。

これはリストに協力するかの意味で、放課後にリストをクリアするため新と過ごすことが増えたからこその発言だった。

「じゃあ帰ろうー」

相変わらず間延びした声で席を立つ彼の後を追おうとマフラーを巻き立ち上がる。しかしマフラーは突然うしろに引っ張られた。

「は!?」

バランスを崩し、席に腰をぶつけた。首もとからマフラーが解けて消える。目の前の新は僕の頭上に視線を向けてから苦笑し、こちらにバイバイと言って手を振り去ってしまった。いったいなんだと振り返った先、窓の外、ベランダから身を乗り出し僕のマフラーを持っている矢沢と視線が合った。

「矢沢……？」

「寒い」

呆然とする僕を無視し、彼女はうしろの窓から教室に入ってきた。教室に残っていた生徒はまばらになり、やがて皆いなくなる。矢沢がうしろ手に窓の鍵を閉めたとき、教室には僕らだけが残された。

マフラーを投げてきた彼女は、先ほど身を乗り出していた窓に手をかけ閉める。そして教室の扉を閉めにいった。すべてを閉め切ったとき、矢沢はようやく僕と向き合った。

「危ないだろ」

「大丈夫だったでしょ」

「首締まるところだった」

ちがう、こんなことを言いたいわけじゃない。僕はあの日彼女が話そうとした続きを聞きたいのだ。けれど口を開けば別の言葉ばかり出てきてしまう。せっかく話す機会ができたのにこれでは駄目だ。

矢沢はこちらを見すえた後、深いため息をつく。

「もう一回聞く」

「……なに」

「無彩病は、本当?」

閉め切ったはずの窓から野球部の声が聞こえた。僅かに震えた彼女の声はそれ以上に鮮明に耳へ届く。浅くなった息が響いた。視界はまだ灰色ばかり。けれど彼女だけがそんな世界の中で浮いているように見えた。

「本当」

なぜか唇が震えた。声は震えなかっただろうか。平然とした様子で言えただろうか。そればかりが脳を支配した。もしここで動揺を見せれば、矢沢はきっと、あの夜のように涙を流すだろうから。

彼女は大きく目を見開き、酷く傷ついた顔をした。そしてぎゅっと、目を閉じる。何度も息を吐き、眉間にしわが寄るほど瞼に力を入れている。まるで涙をこらえているようだった。僕はただ、その様子を眺めることしかできない。なにを言っても、現実は変わらない。なにを伝えても、彼女が抱く感情を決められはしない。

理解なんてできなくても、わからなくても、これだけは変わらない。

僕は、死ぬ。

「そっか」

ようやく絞り出した矢沢の声は今にも泣きそうなほど弱い声だった。瞼が開き瞳が僕を捉えても涙は流れない。ただ、泣くのを我慢している子供のように唇を噛み締めている。

「利用してたこと、怒ってたわけじゃないのか」

「それはべつに。立場が同じだったらうちもやると思うから」

「病気を言わなかったことは？」

「言えなかったのまちがいじゃなくて？」

「……いつか言おうと思ってたよ」

「いつかっていつ？　死ぬ直前？　自分の口から？　メッセージひとつで終わらせようとした？」

「それは……」

いつかっていつだろう。いつか。その言葉だけが脳裏に浮かび、どんな風に伝えるのかなど考えなかった。考えようとすらしなかった。

「せっかく――」

あの夜と同じように、矢沢が口を開いた。顔を歪ませ拳を握り締める。

僕の心が、酷く傷ついた気がした。

「仲良くなれたのに」

矢沢の頬にひと筋の雫が流れた。

「友達に、なったのに」

言葉を失った。開いたままの口は閉じることを忘れたように僅かに震えている。

「むかつくけど、いいやつだって思えたのに。一緒に過ごすのも、悪くないって思いはじめたのに」

次々とあふれ出す言葉に呼応して、雫が彼女の頬を滑っていく。

「終わりなんて知りたくなかった」

それがすべてだった。両手で顔を覆い、ついに泣きはじめてしまった彼女はなぜか僕に謝罪の言葉をかけた。

「なんで……」

「疑ってごめん、言わせてごめん」

矢沢が謝る必要なんてどこにもないのに。

「本当は一番辛いの、あんたなのに」

こんなときでも、こちらの心配をするのか。

──なんだかんだ優しいからね。

新の言葉が脳内で再生された。こんな状況を本当は受け入れたくないはずなのに、僕の心配をするなんて、お人好しもいいところだ。

「俺は辛くないよ」

「嘘だ」

「本当。だって無彩病になってから初めて色が見えたんだ。どんどん、世界に色が増えていく。灰色が色づく度、子供みたいに嬉しい気持ちではしゃぎたくなる」

「でも死ぬんだよ」

「……最初から、べつに生きたかったわけじゃないから」

　彼女の嗚咽が一瞬止まった。

「死にたかったわけじゃない、でも生きることに対してそこまで前向きでもなかった。明日死ぬって言われたら、ああそうか、くらいの気持ち。やりたいこともなく、淡々と日々を生きていくだけだと思ってた」

　決して悲観的だったわけではない。矢沢が勘ちがいしないよう、言葉を付け足す。

「でも無彩病になって初めて空の色が見えた。青空って目が冴えるみたいで、夜空の星が宝石みたいだと言う気持ちもわかった。イルミネーションに人が足を止めるのも、その光り輝く色が綺麗だからだって知った」

　笑い話だ。僕は無彩病になってよかったと思っている。

「今の俺には、無彩病になる前よりずっと、世界が輝いて見える」

　矢沢の顔が先ほどよりも歪み、馬鹿だと言いながら涙を流す。

「知らずに死ぬより、知ってから死にたいよ、俺は」

　空の色も、花や草木、紙に滲むインクの色だって知らないままでいた。色彩は存在せず、世界は無彩で形作られている。けれど皮肉にも、無彩病にかかり世界は色であふれていく。今日も明日も明後日も、僕の世界は輝きを増していく。

　ただひとつ、心に空いた小さな穴だけを埋められずに。

「誰も知らない？」

「家族と医者だけ。知り合いは矢沢が初めて」

「……隠し通したい？」

首を横に振る。最期まで、隠し通す気はない。周りにこんな顔をさせるなら言いたくはないけれど言わなければならないのはわかっている。

「俺が、言えるタイミングで言うから」

矢沢は何度もうなずいた。涙を拭いながら、言わないと約束する。

「めっちゃ泣いてるじゃん」

必死にうなずき続ける様子がなんだかおかしくて、ここで笑い飛ばさないと、彼女が泣き続けてしまいそうに思えたから、その頰を制服の袖で拭いてやる。されるがままの彼女だったが、手を離そうとすると両手で僕の手を摑んだ。

「矢沢？」

「……ちゃんと、全部終わらせよう」

ぎゅっと握りしめられた手は熱かった。

「リスト、全部叶えて彼女に伝えにいこう」

涙ながらに真っ直ぐ僕の目を見たその瞳は雲ひとつない空のように澄んでいて、なぜか鼻の奥がツンとした僕は、矢沢の言葉にうなずき返すことしかできなかった。

想いは何色を映すのか

「好きの質量を考えよう！」

「却下」

見慣れた風景、無彩色で彩られた部屋で楓は制服のまま僕のベッドにダイブした。

表情は明るく、緩めたネクタイに毛先を巻いた髪、爪の先は淡い灰色で彩られている。

「なんでよ、考えよう」

「次はなに？　また振られた？」

「振られてない！　戦略的撤退！」

「なんだそれ」

真っ黒な学ランを手にした僕は、床に転がされた彼女のブレザーも一緒にハンガーへかける。たった二年しかちがわないのに中学と高校の差は大きく思える。

「好きじゃないって気づいたの、わかる？」

「わからん。そういうのは女友達と話してくれ」

楓はベッドを叩きながら文句を言っているが、僕は至極真っ当な返事をしたつもりだった。そもそも異性に聞くのがちがう。友人が多いのだから同性に聞いた方がよっぽどいいだろう。

　ベッドを占領された僕は椅子に腰を下ろす。彼女の方を向き、それで？　と聞くくらいには、この状況に慣れきってしまっていた。

「だから好きじゃなかった」

「あれだけ格好いいって言ってたくせに？」

「結局好きだったのは見た目だけなんだよ」

「なんか前にも同じような話した気が……」

　彼女が先輩と漏らしたおかげで以前のことを思い出した。そうだ、スリーポイントを決めるから好きになった先輩だ。

「私は最近、大切なことに気づいたのだよ」

「……どうぞ」

「それが、好きの質量だ！」

　自信満々に腕を組み鼻を鳴らしているが、僕には意味がわからない。聞くのも馬鹿馬鹿しくて手もとにあった漫画を開く。話を聞けと言っているが、どうせ僕が聞いていなくても話しはじめるだろうから気にしなかった。

「重さは量る場所で変わるでしょ。宇宙で量るチョコと地上で量るチョコの重さは、同じ物質で構成されているけど重力で変わる」

「それで？」

「でも質量は変わらない。物体そのものの重さだから」

「いやそれはわかるんだけど、話が繋がらない」

一応返事をしているが彼女の話は半分も入ってきていない。

「私が思うに、見た目や秀でたところで相手を好きになるだけの恋は、重さだと思うのね」

反対に、と彼女は言葉を続ける。

「そんなところがなくても、変わらず好きでいるのは愛だと思うんだ。これが質量」

「恋愛を質量と重さで表現するって最初から言えばわかりやすいのに」

「絶対に変わらない想いが愛だとするでしょ？　そうなると、愛という質量は年月とともに増えるのかな？　それとも最初のまま変わらないのかな」

「全然わからん」

彼女はたまに、答えのない問題を口にする。正解が見つからずともかまわず、ただ言葉にして考えを整理するくせがあるのだ。だから僕も返答がどんどん適当になっていく。ただまったく聞いていないことがばれると後で責められるため、それなりに反応を返すのがお決まりだ。

「まぁなんだろう。今回は質量じゃなく、重さだと思ったから撤退したの」

「そうですか」

「私の質量はそこにないって知ったんだよ」

難しい話をしているように思えるが、これは相手を好きだったわけではなく、恋に恋していただけという意味だ。

「じゃあどこにあるんだって聞かないの？」

「聞いたら答えるのかよ」

「どうだと思うー？」

横目で見た彼女は嬉しそうに笑っていて、僕は言葉に詰まる。内緒と人差し指を唇の前に立てた姿を、今まで何度も見たはずだった。けれど、靡くカーテン、遠くから聞こえる車の音、差し込む光、肩から滑り落ちた髪、そのどれもが、いつも見ていたはずの風景だったのにちがって見えて、言い返すこともできなかった。

「まだ言わない」

くしゃっと崩れた笑顔、目尻にしわが伸びた。笑いすぎて十代なのに笑いじわができるのを彼女は嫌がったけれど、きっと、この先もずっと、そのしわが深くなっていくのだろうと、その様を僕はすぐ近くで見ていくものだと、そう思っていた。

「質量保存の法則……」

「また始まった」

真っ白な部屋だった。ベッドの上、上体を起こした彼女の姿は痩せこけている。

そこで僕は気づく。ああ、これは夢だ。実際あった記憶を繋ぎ合わせた夢だ。じゃなきゃあの健康そうな彼女が一瞬で薄幸の姿になるわけがない。

「どれだけ時間が経過しても質量は変わらない」

「今度はなんだよ」

「前にさ、愛という質量は年月とともに増えるのか、最初のまま変わらないのかって話したでしょ」

「そんなこともあったな」

壁に沿わせたパイプ椅子に座り背を預けた。僅かに開かれた窓から風が吹く。靡くカーテン、遠くから聞こえる車の音、まるでいつかの再上映のような一瞬は、主演女優の姿で印象を変えた。

「私の答えはまさにそれだって気づいたの。どれだけ時間が経過しても質量は変わらない。だってこの想いは、私という閉鎖系の中で生きてるんだから」

「……つまり、愛は自分の中にあるから、時間が経過しても変わらずにあるってこと？」

「そういうこと」

骨と皮だけを残した指が潤いを失った髪を押さえる。

宝石のように輝いていた瞳は、いつから光が薄れたのだろうか。いつから僕は、それから目を逸らしていた？

「むしろ時間経過とともに、質量が私の想像以上にあったことを知った」

「重たくなってるじゃん、それ」

「ちがうよ、最初からその質量だったんだよ。私がしっかり把握できてなかっただけ」

なんだそれと笑い飛ばした。

彼女がこの病室から出ることはない。病状は教えてもくれない。いつだってそうだった。大切なことは僕の耳に入れようとしない。

いつまでも、僕は弟のような存在だと思われていたから。

「だからこそ保存しないと。表に出さないままちゃんと保存して閉じ込めるの」

「気持ちを伝えろよ。相手が誰かわからないけど、言ったら困るような人間なの？」

「病気を盾にしてるみたいじゃんか」

「そんなこと気にするような人間なのかよ」

「……気にはしないと思うよ」

でも、と彼女はいつかのように唇の前で人差し指を立てる。

「これはずっと内緒のままなの」


あの日と同じように笑ったのに、彼女の微笑みは質量を閉じ込めた。僕は喉から出かかった言葉を失った。そして、そのままなにを言おうとしたか忘れた。いや、忘れたふりをした。言ってしまえば、なにもかもが壊れてしまうと思ったから。口を閉じ、言葉を飲み込んで別の言葉を吐いた。そうして彼女が死んで目の前から消え、僕はなにを言おうとしたのかわからなくなった。

でもきっと、心のどこかにその言葉は存在している。


満開の花に値段をつけるなら散り際の花にも値がつくはずなのに、花盛り以外はあまり価値がないらしい。視界を埋め尽くす真っ白な花の隙間から晴天がのぞく。まるで雪みたいだ。秒速五センチメートルで降り注ぐ花弁は、指先に触れても溶けない代わりに、滑らかな感触で手からすり抜け街路に舞い落ちていく。

桜が持つ美しい色彩を知らないまま、二度と戻れぬ春がやってきた。

花はいつの間にか七割ほど散ってしまった。四月上旬、長い冬が終わり首を覆っていたマフラーもつい最近外せるようになった。着慣れたブレザーに袖を通しネクタイを締める。シャツの一番上のボタンを外したのは小さな反抗か、楓の制服姿を思い出したからかもしれない。

高校三年生が始まる日だった。普段より少し早めに家を出た僕は、世界を見渡しながら昨日とはちがう色彩を探す。

無彩病を発症してから実に、百六十一日が経過していた。僕の世界は抹茶からスミレの花まで色づくようになっていた。

皮肉だが外に出るのが楽しくなった。長い冬が終わったからなおさら、春の暖かな陽気と初めて知る新緑に、家にこもりがちだった僕は意味もなく外を散歩するくせがついた。日々が発見の連続で足を止めることも多々。家族は気づいているだろうが、決していい感情を抱いてはいないだろう。

僕の散歩の理由を知っているのはたったひとり。

「あ」

桜にカメラを向けていた矢沢と目が合った。軽く手を上げると彼女はニヤリと笑う。

「おはよ」

撮った写真をこちらに見せてきた矢沢に、わからないんだけどと言えばそのうち見えるようになると返され、彼女は気にした様子もなく先を歩きはじめた。

僕の秘密を知る矢沢と時間を共有することが増えた理由のひとつに、彼女のひと言があった。

「見えない色のもの、全部写真に撮って最後に見返せばいい」

教室で泣いたあの日、帰り道に矢沢はこう言った。そんな考えがなかった僕は目を丸くする。もともと写真を撮ることは少なかったから、カメラで記録を残し最後に見返すなど思いつかなかったのだ。

とても矢沢らしい考えだった。矢沢はさっそくアルバムに入っている友人との写真を僕に見せてくる。

「色がわからないなら見飽きた家の周りとか写真撮って、時間が経った頃に見返せばおもしろいと思う」

「でも俺、カメラ使う習慣がない」

自分の端末のフォルダに入っている写真はどのくらいあるだろうか。見返す気もないが五十枚もあればいい方だろう。僕にとっての写真は無彩の一瞬を切り取るだけだったから。

「じゃあうちが撮る」

下手くそな大野の代わりに、と矢沢は僕に向けて薄っぺらな端末を構えた。パシャリ。小気味いい音とともに訝しげな表情を浮かべた僕が画面に映る。

「はい、うち上手」

動いたはずなのにブレもせず撮れている写真に、矢沢は自分の腕前がいいと鼻を高くした。以来、彼女は僕と一緒にいるとき必ずカメラを構えた。けれど周りに怪しまれることを恐れたからか、学校では撮らず、僕の散歩に付き合うようになった。

ただ街を歩くだけの僕の隣でカメラを向ける矢沢は、真剣に世界を撮っていた。こうして通学前、少し早く家を出て彼女と会うのが日課となった。でも矢沢のアルバムの中はどうでもいい世界の一部を切り取った写真ばかりで、まだ僕にはよくわからない色である写真も多かった。

彼女は自分が綺麗だと思った世界を撮り、終わりを迎える僕に見せるために残している。それに感謝しながらも、すべてが見えたとき自分がどんな感情になるのだろうと不安を感じた。ちゃんと感動できるだろうか。死の恐怖に怯えはしないだろうか。いまだに恐れは現れないままだ。

「桜は綺麗だからたくさん撮っておこう」

「雪みたいだけど」

「色がわかんないとそう見えるんだ、なんかいいね」

「そう？」

「うん、春の雪って見たことないけどきっと綺麗じゃない？」

少し寄り道をしながら歩く僕ら。雪と言えばと矢沢が口を開き、楽しかったねと冬休みの話をした。リストを叶えるためにスキー場へ行き、滑るのではなく雪遊びをした。ほかにもコンビニのおでんを全種類食べ切ったり、冬の夜の公園でかくれんぼなど、相変わらずわけのわからない願いを叶えた。そのどれもに矢沢は参加してくれた。

面倒見のいい彼女に、僕はいつの間にか支えられていた。病のことが誰にもばれていないのは、ひとえに矢沢のおかげである。こうやって同じ時間を共有しながらも、みんなの前では今までどおり変わらぬ関係性を保ってくれていた。

「ちなみに次のリストは？」

「〝四つ葉のクローバー見つけるまで帰れない〟」

「うわ……」

矢沢は本気で引いているがどうしようもない。楓の考えることはいつだって突拍子もない。ここに書かれているのは、八割以上思いつきで書いたはずだ。重要性は低いが難易度が高いものばかりである。

「春だけどさ」

「言うな、俺も同じこと思ってる」

なんて願いを書いてくれた、それに尽きる。

「大野の幼馴染ってなんか年上感がない」

「ずっとこんな感じだったよ」

僕の知っている楓はいつもこうだ。だからノートにどんな願いが書かれていても、彼女なら書くだろうと納得できてしまう。子供みたいに気ままで自由。年上とは到底思えなかった。

「まぁ、でも納得かも」

「なにが？」

「だってあんたと一緒にいられる幼馴染なんて、強引で奔放じゃないと無理でしょ」

「どういうこと？」

「前の大野はよくわかんないけど、あんた自分から積極的に動くタイプじゃないし、強引にでも連れ回してくれる人間じゃないと一緒にはいられなさそう」

「あぁ、そういうこと」

あながちまちがいでもない。というより正解だ。僕の人生は彼女に振り回されてきた。けれど振り回されていなかったら、ずっとひとり部屋に閉じこもり他人と関わろうとも、どこかへ出かけようとすらしなかっただろう。

そう考えると、僕は少なからず楓に感謝をしているのだ。今の僕が外に出て友人たちと時間を共有するようになったのは、楓が死してなお、僕を振り回してくれているおかげだから。リストはまちがいなく、僕の人生を変えていた。

「でも年上だったからなんだかんだ面倒見られてたんでしょ」

「さぁ、俺は見てるつもりだったけど、もしかしたら見られてたのかも」

「写真ないの？」

「あると思うけど。たぶんアルバムに入ってるんじゃない？」

「曖昧な」

「見返さないからわからない」

矢沢に端末を渡す。彼女はフォトアルバムから写真を探しはじめる。それを横目で見ながらも画面に視線を向けなかったのはどうしてかわからないままだ。

「……綺麗だよ」

「そう」

「うん、見ない。見てもわかんないし」

「見ない？」

「色づいてなくても綺麗だと思うけど」

画面を暗くして僕の手に戻してきた矢沢は、そのうち見なよと言った。見るだろうか。全部の色がわかるようになったら見るのだろうか。わからないな。

僕はずっと——。

楓が死んでから、一度も彼女の写真を見ていない。

学校に着いたとき、校舎前に貼り出された掲示板に人だかりができていた。

「クラス表だ、見てくる」

「え、おい！　速……」

一瞬で人だかりの中に消えていった矢沢にたくましさを感じつつも追う気にはなれず、少し離れたところで人がはけるのを待っていた。たぶん矢沢のことだから、ほかの友人たちのクラスもチェックして帰ってくると踏んだのだ。そのとおり、矢沢はもみくちゃにされながら出てきて、僕の方へ走ってきた。

キラキラ輝いた瞳に思わずたじろいでしまう。矢沢は嬉しそうに写真を見せてきた。

「見て、同じ！」

三組の名簿に僕の名前が書かれていた。最後に矢沢の名前が載っている。

「本当だ」

「よかった、これで面倒見てあげられる」

「母親か」

思わず噴き出した僕に矢沢は満足げだった。

「でも見て、ショック」

一組に三上、四組に新の名前が書かれており、ふたりとは離れてしまったからだ。

「三上ちゃんが受験で特進の一組に行くのはわかってたんだけど」

「新と離れたの、きつい」

「……大野、友達いないもんね」

「うるさい」

「大丈夫、四組だから合同授業は一緒だよ、体育はひとりぼっちじゃない」

「余計なこと言うな」

口を封じてやろうと思ったが、矢沢がほかの友人たちとも離れてしまったと嘆き出したので諦めた。彼女がいつも一緒にいた女子たちとは見事に離れてしまったようだ。

高校三年生はある程度進路別のクラス分けである。三上のように大学受験を考えている成績優秀者は特進クラスの一、二組に入るし、専門学校や就職などを意識した人たちは七、八組に入る。間の三～六組が普通クラスだ。三、四組は文系、五、六組は理系のためそこでもクラス分けがあり、二分の一の確率で同じクラスになれると考えていたのだが、現実はそううまくいかないらしい。

「俺だけ、ぼっち？」

突然肩を摑まれた僕らは驚いて声を上げた。間から顔を出した新に、ふたりしてため息をつき文句を口にしたが、矢沢の撮ったクラス表を見て改めて酷くうなだれた。

「なんで俺だけひとり離れるー？」

「日頃の行いが悪いんじゃない？」

「これも運だ、諦めろ」

「ふたりして酷い……」

　毎休み時間そっちに行ってあげるねとなぜか上から目線で言いはじめた彼をなだめながら教室に向かう。ギリギリまで離れようとしなかった新を引きはがし、教室に入り席へ着いた。

　最後の半年が、始まった。


百九十七、パフェの一気食い。

百九十八、三時間ひとりカラオケ。

百九十九、本を一冊一日で読む。

二百、四つ葉のクローバーを見つける。

「それでは全員、準備ができましたか？」

　矢沢が軍手をつけた手を叩き、新はズボンの裾を捲った。三上が髪をまとめ、僕は帽子を深く被り直す。

「いい？　一個見つけたらクリア」

「俺はあっち、三上は反対側から」

「うちは向こう、大野はそっち」

てきぱきと指示を出す矢沢に僕は辺りを見回した。

よく晴れた日曜日の昼下がり。学校のすぐ近くにある川沿いの空き地、その前に立つ寂れた立ち入り禁止看板を無視して中に入る。瓦礫《がれき》が中途半端に撤去された土地は、人の手が離れて久しく、シロツメクサの群生地になっていた。白い小さな花は一部分だけ灰色になっており、矢沢曰く、そこはピンク色に色づいているらしい。

足もとにも無数のシロツメクサが生い茂っており、河川敷まで続いていた。

僕らは今日ここで、あるかどうかもわからない四つ葉のクローバーを見つけ出す。

「よし、開始!」

妙に気合いが入った矢沢の号令で全員が動きはじめる。僕は手はじめに瓦礫の近くに生えた草花の中を探した。一説によると、四つ葉のクローバーは人に踏まれたり強い負荷がかかったりすることで防衛本能から葉を増やすらしい。ここは人が離れて久しいが、建物があった場所なら崩壊とともに負荷がかかり増えているのではないかと考えたのだ。

ほかの説は遺伝的要素。四つ葉になる遺伝子が多い場所があるらしいが、そちらを見つけるのは不可能に近いだろう。この広い土地で奇跡的に、四つ葉ばかりがある場所を見つけられる可能性はゼロに等しい。

しゃがみ込み、地面を眺めた。真緑のそれを見ると、子供の頃の思い出が蘇った。

子供の頃、楓は花冠を欲しがった。僕は作り方がわからず、彼女の母親が作るのを隣で眺めていたが、楓は完成品にしか興味がないようで、花よりも四つ葉を探していた。四つ葉を見つければ幸せになれるのだと彼女の母親が言ってから、楓はいつも探していた。けれど四つ葉はなかなか彼女の前に現れなかった。

「見つからない」

嘆く彼女に僕は言った。

「そもそもレアだから。こんなところにたくさんあったら困るよ」

楓は不服そうだった。

「たくさんあればみんなが幸せになれるじゃん」

「たくさんないから、見つけたら幸せなんじゃないの？」

ふくれっ面の楓をよそに、僕は彼女の母親に教わりながら花冠を作っていた。

絶えず四つ葉を探す楓の頭に、僕は初めて作った花冠をのせた。

「これが代わり」

下手な花冠だった。茎は飛び出し、花は萎びている。かろうじて輪を形作っていたが、それは四つ葉よりもずっと、価値のないものに思えた。

それでも楓は嬉しそうに満面の笑みを浮かべた。

「こっちがいい」

こっちの方がいい、と何度も繰り返し、楓は花冠を頭にのせたまま帰路についた。

太陽はまだ頭上に輝いていて、春の風が鼻を掠める。名前すらわからない花々が混じった匂いを、楓は笑顔でいい匂いだねと言った。

「クローバーの匂い」

「ちがうよ」

「そうだよ、クローバーの日の匂い。今日はいい日だったから」

なにかと五感に結びつけて考える彼女に、どんな日だとは言い返さなかった。だって繋いだ手とは反対の手で、頭にのせた花冠を嬉しそうに触り続けていたから。

僕らはずっと、そんな時間を過ごしていた。

「ちゃんと探しなさいよ！」

頭に衝撃が走る。振り返ると矢沢がペットボトルで僕の頭を叩いたことに気づいた。

「なに作ってんの」

ペットボトルを受け取ったとき、膝の上にいつの間にか完成していた花冠があることに気づく。

「いる？」

「いる？　じゃなくて四つ葉！」

「無意識で作ってた」

花冠はあの頃よりずっと綺麗な輪を描いていた。継ぎ目は目立たず花は萎びていない。ペットボトルの水を飲み、立ち上がって矢沢に花冠を押しつける。足もとには複数の三つ葉のクローバーが散らばっていた。

「あげる」

「いらない、ていうかなんでこんなうまいわけ」

「修行の賜物？」

「はぁ？」

いつの間にか二時間も経っていた。二時間も無意識に、皆が四つ葉を探す傍らで花冠を作っていたというのか。

「見つかった？」

「全然。ふたりにも聞いてくる」

「頼む」

矢沢は受け取った花冠を一瞥するも、捨てるに捨てられなかったのか、持ったままふたりの方へ向かった。そのうしろ姿を眺めながら、僕は彼女がこの願いに対して妙に熱量を持っていることを不思議に感じた。

矢沢には何度も助けられてきた。冬休み期間、リストが順調に進んだのは彼女のおかげと言っても過言ではない。彼女は常に、リストを見ると先に僕にどうするか聞いてから行動に移した。今回のように自ら主導するようなことはなかったのだ。矢沢は行動力の塊でそれを実行するだけの力があるけれど、これは僕のやるべきことだからと、今までは前に出ることがなかったのに、今回ばかりはちがうらしい。

「見つからないー」

汗を拭いながら戻ってきた新が隣の瓦礫に腰を下ろす。

「なにあれ」

「花冠」

「なんで？」

「無意識で。子供の頃、楓に作ってたからかも」

僕の言葉に新はなるほどと言い、視線を外した。少しばかり気まずい空気になるも、それなら俺にちょうだいよと言われたのでそっちかと笑ってしまう。

「欲しかった？」

「うん、初めて見た。花冠作れるやつ」

「大袈裟だな」

「大袈裟じゃないって。俺には作れない」

ていうか最近矢沢とばっか仲良くてずるいと、新は文句を言いはじめる。

「クラス同じだからだろ」

「朝、一緒に来たりしてるじゃん。見たよ、俺」

「リスト手伝ってもらったりしてるから」

「俺でもよくない？」

「まぁ、クラス同じだし」

「ずるいー！　俺ひとりで寂しく生きてるのに！」

「嘘つけ、友達に囲まれてるだろ」

立ち上がり、強制的に話を終わらせる。新は持ち前のコミュニケーション能力を生かし、今のクラスでも人気者の立ち位置にいた。そもそも、彼の居場所は最初からそこだったのかもしれない。一年生のときは矢沢のような見た目が派手な人間とも仲良くしていたくらいだ。二年生になり、僕と一緒にいるようになったから変わっただけで。

新の言うとおり、リストを手伝うのは彼でいいとも思う。

でも、矢沢は僕の秘密を知っているから。知った上で協力してくれているからやりやすいのだ。僕としても、口を滑らせる危険性を考えなくてよいのと、増えていく色彩の喜びを話せる人間がいることで気がまぎれる。それを彼には言えない。

なにか言いたげな新に疑問を抱くも、三上の声でそれは遮られた。

「見て!!」

走ってきた三上はその手に四つ葉のクローバーを握り締めていた。

「うわぁぁぁ！」

「本当にあった!!」

僕らの間に先ほどまであった空気は、驚きと興奮でどこかに行ってしまった。三上の周りをふたりして跳び回り、すごい、やばいと何度も繰り返す。

「どこにあったの!?」

「高架下の陰にあったの！　すごくない!?　私、初めて見た！」

「初めて見た！」

四つ葉は三上の手の平に収まるサイズだった。通常のシロツメクサの葉より小さい気がするが、まぎれもなく四つ葉のクローバーだった。

「二百番目クリアだ！」

肩を組んできた新と一緒に喜び、鞄の中からリストを取り出して蛍光ペンを引いた。

しばらく三人で盛り上がっていたが、ひとり姿が見えないことに気づく。

「矢沢は？」

「先行ってて、って言われたよ」

「呼んでくる」

探しに行こうとした三上を制し、リストを鞄の中に戻して彼女の来た道を歩く。功労者に探しに行かせるわけにはいかない。うしろを振り返り、すぐ戻るとふたりに声をかけた。

三上の来た方向を歩いていると河川敷に出た。周囲を見回すが矢沢の姿はない。

「矢沢ー？」

呼んでみたが反応はない。いったいどこまで行ったのだろう。じんわりと額に汗が滲む感覚がした。もう夏が来たのかと錯覚する暑さだ。早く見つけて屋内に移動しようと足を速める。

視界の先、高架下の陰にしゃがみ込んでいる姿が目に入った。

「矢沢」

声をかけても反応がない。仕方なく近づき陰に入る。太陽が遮られた高架下はいくらか涼しく感じた。矢沢はずっと、クローバーを探している。

「おい」

わざと足音を鳴らし彼女の真横まで来たとき、ようやくその顔がこちらを見上げた。

「三上が見つけたから終わりだよ」

「……知ってる」

ふい、と顔を戻した彼女はまた手を動かしはじめる。

「はぁ？」

「もうちょっとだけやらせて」

「見つかったから終わりでいいんだって。クリアだよ」

「うちがやりたいだけ」

なおさら意味がわからない。矢沢は無心で探し続けている。僕の頭に疑問符ばかりが浮かんだ。

「欲しいの、四つ葉」

「なんでだよ」

子供みたいだ。思わず苦笑したとき、肩からかけられた青色の鞄の中に花冠が入っているのが見えた。捨ててもいいのにご丁寧に持っているあたり、彼女らしい。

「先帰ってて」

「みんな待ってる」

「本当に気にしなくていいから」

「なんでそんなに必死なの？」

隣にしゃがみ込み、彼女の手先を視線で追う。おそらくここは三上が四つ葉を見つけた場所だろう。ひとつあればもうひとつくらいあるかもしれない。僕の目には見つけられそうにもないが。

　しばらく経った頃、矢沢は手を止めた。やっと諦めたか。早く連れて帰ろうと膝に手を当て、立ち上がろうとしたときだった。

「だって奇跡でも起きなきゃ変わらない」

「……なにが？」

「四つ葉のクローバーを見つけられたら、病気だって治るかもしれない」

　言葉を失ったのは僕の方だった。立ち上がるのをやめ、いまだ捜索を続ける矢沢の横顔を見つめることしかできなくなってしまう。

「手に入れたら幸せになるんでしょ。幸福になるなら、あり得ない奇跡だって起きるかもしれない」

　汗がこめかみに伝うのも気にせず、真剣なまなざしで手を動かし続けている。

「無理だってわかってる、馬鹿だって笑っていい。でも、見つけられたらなにか変わるんじゃないかって期待しないと――」

　苦しい、と彼女の眉尻が下がったのを見逃さなかった。

「見つけたところで変わんないのはわかってるよ？　でも、でもさ、自分の手で見つけられたら一秒でも大野が長生きできるんじゃないかとか、実は誤診でしたとか……そんなあり得ない話が舞い込んでくるんじゃないかって思っちゃうの」

「矢沢……」

「だって、あと半年もないんだよ」

開きかけた唇が、声を発することをやめた。

「大野がこの世に未練がないって言ってても、死ぬのは怖くないと思ってても、私は怖い。半年後、あんたが目の前から消えちゃうのが怖い」

矢沢の瞳が潤んでいく。

「死んじゃうのが——怖い」

ああ、そうか。

僕はずっと考えていた。

自分が死に対し、なんの恐怖もないことを周囲の人間が知ったらどう思うのか。言葉にせずとも、近づく別れに悲しみを抱くのだろうか。受け止めるしかないと思うのか。今まで誰も口にしてこなかったからわからなかった。ただ誰かを悲しませてしまうのは申し訳ないと思うくらいで。

だから知らなかった。僕が死ぬのを、こんなにも恐れている人間がいることを。

鼻を啜り、零れ落ちそうになる涙を拭った彼女の軍手は緑に染まっており、どれほど真剣に探していたのかすぐにわかった。今も必死に草を掻き分ける手を摑んで止める。離してと言われても、その手は離せなかった。

「終わり」

「まだ探す」

「いい、もう終わりでいい」

「なんでよ、私が勝手にやってるだけじゃん！」

「もう、いい」

唇を嚙み締めた。手に、力がこもった。いい、もういい、とうわ言のように繰り返し彼女を立たせる。

「奇跡は起きない」

「起きるかもしれないでしょ⁉」

「起きないって。こんなことに時間かけるだけ無駄だ」

「無駄って……」

「見つけても、楓は死んだ」

矢沢が息を吞む音が聞こえた。

子供の頃、何度だって楓は四つ葉のクローバーを探した。その度に僕は花冠を作って熱心に探す幼馴染を遠目に眺めていた。

ある日、彼女はようやく四つ葉を見つけた。それも高校生になってからだ。久しぶりに四つ葉探しに精を出したと胸を張って自慢してきた彼女に、僕はこの歳になってやることじゃないと鼻で笑った。それでも、楓は気分を害さなかった。

「これを押し花にして飾ろう」

宣言どおり、楓は四つ葉を辞書に挟んで押し花にした。できあがったそれを透明な写真立てに入れ部屋に飾っていた。

これさえ持っていればなんでも叶う、幸せになる。満足げに見せてきたが、僕はそんなもので幸せになるなら世界はもっと平和になっていると返した。

けれど楓は迷信を信じ続けた。

最後まで、病室には四つ葉のクローバーが飾られていた。

「そんなもので、人の死は覆らない」

だから、もういい。頑張らないでくれ。悲しみを、失う恐怖を味わわせてごめん。ほかの誰にも相談させてやれなくてごめん。頭には謝罪の言葉が絶え間なく浮かんでくるのに、言葉にならず声が掠れる。

「矢沢が頑張る必要はどこにもないから」

そう言ったときの僕の顔はきっと酷い顔だったのだろう。だって彼女がこちらを見て顔を歪ませ、唇を噛み締めたから。言いかけた言葉を飲み込み、下を向いてうなずいたから。

「戻ろう」

手を引いたまま高架下を出る。日光が降り注ぎ、地面に影を作った。ふいに吹いた風はあの日と同じいろいろな花々が混じった匂いで、僕は思わず彼女の手を離す。

「大野……？」

背後から矢沢の声が聞こえるが僕の足は止まったままだった。

「そうだよ、クローバーの日の匂い。今日はいい日だったから」

幼い頃の楓が笑った。僕も笑った。眩しいくらいの輝きを放つ、ほんの一瞬。

この匂いがなにで構成されているのか、僕は知らない。きっと死ぬまでわからない。知る気もない。でも、彼女のことを思い出した。矢沢の持っている花冠の色彩が、鼻孔をくすぐる匂いと結ばれてしまった。

クローバーの日の匂いなんて、馬鹿みたいなこと言い残すなよ。

唇を噛み締めて再び歩き出す。今度は矢沢の手を取らずに。

そこからふたりのもとに戻るまで、僕らはひと言も話さなかった。

信号の青が青色でないことを知った日から時間が経ち、点滅するそれを呆然と眺めるしかできずにいた。足は一歩も進まず、灰色に移り変わった信号を見てなぜだか安心してしまう。世界の三分の一はまだ無彩色だが、足もとに植わったタンポポに色彩が差したとき、新しい色の出現に心躍っていた自分はいなかった。

このままでいいのだろうか。それればかりが脳を埋め尽くしている。四つ葉の捜索から数週間、いつの間にか五月になった。明日に控えた体育祭のことなどなにも考えられない。

終わりまで四ヶ月を切った。

恐怖はない。けれど、虚しさだけがずっと心の中にある。それは時が経てば経つほど大きくなっていく。新や三上に真実を告げずにいるからなのか。矢沢を苦しませる結果になっているからか。両親を悲しませているからか。いや、どれもがちがう。

もっと、根本的な問題だ。

でも、その根本的な問題がわからない。

再び信号が見える色に変わる。若葉の色を青いという日本の文化があるが、信号の色にもそれが適用されるなんて不思議だ。

だってあれは緑だ。水色を含んだ緑。

世界に色彩は七百五十万色あるらしい。一色一色に名前がついているわけではないだろうから、緑だって大まかにどこかで区切って緑と呼ぶのだろうけれど、僕としてはあれが緑じゃないのがいまだに納得できない。

「青じゃないだろ」

「なにか言った？」

ふいに聞こえた声に振り返る。いつの間にか矢沢が隣に立っていた。彼女の手を引いて戻ったあの日から少しだけ気まずくなり、話しかけることが少なくなった。けれど、彼女はなにもなかったかのようにいつもどおり接してきた。まるで、あの日のことが嘘だったように。

「青信号、青じゃないって話」

「それ誰もが一回は思うやつ」

ようやく動いた足は白線を踏む。矢沢はケラケラ笑っているが、その横顔はどこか曇っていた。

「なんかあった？」

「なんで？」

「……べつに、なにもないならいい」

原因が、自分であるかもしれないことを失念していた。話を蒸し返すつもりはない。なにもなければそれでいいのだが、矢沢は両頬に手を当て、ふむとわざとらしくうなずいてみせた。

「最近、新が冷たい」

「怒らせた？」

「人聞きの悪いこと言わないでくれない？　怒らせる理由がないんだけど」

誰かとちがって、と付け加えられた言葉にぐさっと身体に槍が刺さった気分になる。

勿論、冗談であることはお互いわかっているので、わざとよろめいたふりをする。

「なにもした憶えがないから困ってる」

「絶対なにかしただろ」

「話しかけても上の空っていうか、あーそうだねしか返してこない」

「あいつ、返事はいつもそんな感じ」

「前までは笑ってちゃんと話してくれてたよ。あんたなんか言った？」

「俺？　なにも言うことないんだけど」

「それは嘘」

「……まぁあるけど。でも言ってない、まだ」

「じゃあ、なおさらなんなの」

新の返事が気の抜けた感じなのは今に始まったことではない。僕からすると変わった様子は見受けられなかった。矢沢にだけなのか。それなら彼女がなにかしてしまったことは明白だ。

「とりあえず謝れ。一回謝罪した後、理由を聞け」

「なにも悪いことしてないのに？」

「最初に謝罪したら穏便に済む可能性が高い」

「よっぽどうちが悪いことしたみたいな言い方やめて!?」

腕を摑み揺らしてくる矢沢に、新が怒るところを見たのはほとんどないと返す。最後に見たのは去年、ゲームセンターで景品がなかなか取れなかったときだ。あれも怒っていたというより、苛立っていたという方が強い。誰かに対しそこまで感情を露わにする人間ではないからこそ、怒るのはなにかしらの理由があってのことだろう。

そもそも、怒っているのか定かではないが。

なんだか年末のことを思い出した。矢沢を怒らせたとき、彼は理由もなしに怒るような人間ではないと彼女のことを語ったが、僕も今、同じようなことを矢沢に話している。

「とりあえず、明日の体育祭までにはわだかまりを解く……」

「頑張れー」

「どうでもいいと思ってるでしょ」

「矢沢の勘ちがいじゃないかとは思ってる」

矢沢がむっとした表情でこちらを見上げてきたが、無視して足を速めた。

運動嫌いの僕にとって、体育祭は学校行事の中で一番と言っていいほど嫌なイベントだ。対して矢沢は気合十分、クラスTシャツのデザインに、誰がどの競技に出るかすら決めていた。黒板の前で、積極的なクラスメイトたちとともに指示を出していたのは記憶に新しい。

必死の抗議により、矢沢は僕の出る競技数を少なくしてくれた。おかげで五十メートル走を一度走れば僕の役目は終わりである。

最後の体育祭なんだからもっと楽しめばいいのにと言われたが、僕以外のクラスメイトも最後だ。どのみち運動嫌いの僕がこのイベントに貢献できる力はほぼゼロと言っていい。可能な限り木陰でグラウンドを眺めていたい。それが一番の願いである。

「体育祭楽しみー」

「だろうな」

浮かれた様子の矢沢は先ほどまでの会話を忘れたのか、楽しげに予定を語っている。

「文化祭も楽しみだなー。なにやる?」

なにげなく聞かれた言葉に、僕は足を止める。文化祭はいつも十一月最初の週末に行われるからだ。去年の文化祭は楓の件があり出席しなかった。僕もそこまでやる気はなかったので別段残念にも思わなかったが、今年の文化祭は出られない。

そのときにはもう、死んでいるのだから。

「どうせ矢沢が決めるんじゃないの」

「大野の意見も取り入れてやろう」

得意げな彼女へ、余計なことを言って水を差す気にはなれなかった。きっと、文化祭が近くなったら気づいてしまうだろうから、今だけは楽しい気分でいてほしい。

「文化祭と言えば後夜祭のダンスパーティー！」

「体育祭にもあるけどな」

体育祭の最後と文化祭の終わりに、うちの高校ではなぜか必ずダンスパーティーがある。体育祭ではグラウンドで、文化祭では体育館や中庭など、いくつかの場所が会場になり、音楽が鳴り響きダンスをするのだ。一曲目は形式的なワルツだが、徐々に盛り上がり、リクエストされた流行の音楽が鳴りはじめ騒がしくなるのが伝統である。

このふたつのダンスイベントで叶えたいことを念じながら踊れば願いが叶うとも言われており、カップルの恋愛成就に一役買っていた。

一年生のとき、その様子を教室のベランダから眺めた。ビデオを撮って楓に送ったのだ、彼女がそれを見たがったから。けれど徐々にお祭り騒ぎになる様を見て、思わず引いてしまったのをよく憶えている。

「ダンス踊ってあげてもいいよ？」

「いらない踊りたくない」

「とりあえず体育祭、勝たないと気持ちよく踊れない！」

気合十分の矢沢に僕の口角が緩むのがわかった。楽しげな彼女の姿に、最近ずっと虚しさを感じていたことを忘れた。

けれどそんな彼女の楽しみを奪うかのように問題が起きた。

「だから、それはちがうんだって」

放課後、忘れ物を取りに教室に戻ろうと廊下を歩いていると矢沢の声が聞こえた。珍しく慌てた様子に僕は足音を殺しゆっくりと近づいていく。教室の扉のガラスから彼女のうしろ姿が見えた。僅かに開いた扉から話し声が聞こえてくる。

「でもおかしいよ、私たちに――」

聞き憶えのある声だった。三上だ。矢沢の体で隠れているがまちがいないだろう。思わず聞き耳を立てる。なにを言っているかはわからないが、揉めているようだった。

「大野くんと――」

自分の名前が呼ばれ、心臓が大きく鳴った。いったいなんの話をしているのだろう。ガラスから姿が見えぬよう壁に背を預けた。

「だってあのとき――」

三上は矢沢を責め立てるかのように言葉を続けている。矢沢はそれにちがうと否定するだけだ。

「私は――」

三上の声が小さくなった。聞き取れず扉の隙間を覗き込む。矢沢の横顔が驚いたような傷ついたような表情に変わったのがわかった。それを見た瞬間、思わず扉を手にかけた。いつか見た彼女の表情だったからだ。

けれど、僕が扉を開き切る前にうしろの扉が力いっぱい開く音がした。

「新……？」

目を丸くした矢沢に見向きもせず、新は三上の腕を取った。

「帰ろう、もういいよ」

「でも」

「いい、それに」

新の視線がこちらに向いた。僕の存在に気づいたふたりは驚くも、新は三上の腕を引いて教室を後にしようとする。

「待って、新！」

慌てて彼を捕まえようとする矢沢だったが、彼女の手は宙をすり抜けた。僕を一瞥し、ふたりは横を通り過ぎていってしまう。呆気に取られた僕はなにが起きたのかわからずしばらく立ち尽くしていたが、椅子を引く音で我に返る。

矢沢は自分の席に座り、頭を抱えていた。

「なんでいるの」

「忘れ物取りに。なに話してたか聞いてもいいやつ？」

「……いいやつ」

彼女の横に置かれた机に腰を下ろす。しばらく顔を隠していた矢沢だったが、大きく息を吐き、顔を上げた。いつも丁寧にセットされている髪が、今は乱れてしまっている。

「……疑われた」

「なにを？」

「あんたのこと。なにか隠してるんじゃないかって」

「は……」

一瞬息が止まりそうになったが、彼女のなにも言ってないというひと言で息を吐いた。

「なにを隠してるとか、そういうのはわかってないみたいだけど」

「なんでいきなりそんなこと……」

「この前、四つ葉見つけた日に大野と戻ったでしょ」

四つ葉探しを矢沢がやめそうになかったから引っ張って連れ戻った。途中手を離したけれど、ふたりで戻ったのには変わりない。

「うちらが戻ってこないから呼びに来てくれてたんだって。そこで言い合ってるところを聞いたみたい」

「内容を？」

「ううん、そこまでは。ただ喧嘩してるとだけ」

「喧嘩だけならべつに勘ちがいされることもなくないか？」

「そのときの様子がおかしかったから、なにか隠し事でもあるんじゃないかって思ったんだって」

　三上の鋭さに思わず眉根が寄る。

「うちが一方的に言って、あんたが冷静に返してるところがおかしく映ったみたい」

　僕らが仲良くなってからそれほど時間は経っていないが、三上のいる前で喧嘩に近しいものをすることは日常茶飯事だったりする。だいたい矢沢の挑発的な発言に僕が食ってかかって言い合いになるのだ。でも数分後には忘れて仲良くしているから新も三上もそれほど気に留めない。

　ため息が出た。いつもとちがうからおかしく見えたのだとしたら三上は勘がよすぎる。話す前にすべてがばれていても、おかしくはないのかもしれない。

「それでごまかしてくれた？」

「ごまかした……けど」

「けど？」

「いや、なんでもない」

なんでもないってなんだと聞き返す僕に、矢沢は首を横に振るだけだ。

「これはまた別件だから」

「なんだそれ」

「とりあえず、大野には関係ない。ごまかせたと思うし話もすり替わったから、たぶん大丈夫……だといい」

自信なさげに両手指を組み、顎をのせた矢沢は大きなため息をつく。

「新も疑ってたってこと？　だから矢沢に冷たかった？」

「……それだけだといいんだけど」

「ほかに思い当たる節が？」

「わかんない、でも……ううん、なんでもない」

朝の楽しげな様子はどこへやら。完全に元気を失った矢沢は机に突っ伏した。

「なんで今なの……」

「とりあえず俺からも言っておく。なにも隠してないって」

「隠してるでしょ」

「……矢沢はなにも悪くないって言う」

「うん……」

落ち込んだ矢沢の肩を叩きながら、彼女が少しでも明日を楽しめるようになればいいと思い新に連絡を入れたが、次の日になっても返事が来ることはなかった。

不穏な空気のまま迎えた体育祭当日。グラウンドの隅に座り、中央にいるいつもと変わらぬ様子の矢沢を眺めていた。彼女はクラスメイトと談笑しながらみんなに指示を出している。表情は綻んでおり昨日の姿はどこにもない。

それに安堵しながらも、心のどこかで罪悪感を抱いてしまうのは気のせいではないだろう。朝、新と話すために四組の教室に行ったが彼はいなかった。先ほどまでいたと聞いたので避けられていることをすぐに理解した。三上の教室にも向かったが新と一緒にどこかへ行ってしまったと聞き、これは解決が長引きそうだと頭を抱えたのは仕方のないことだろう。

「並んでー」

誰の声だったか。そのひと言でグラウンドに生徒たちが整列しはじめた。立ち上がり、列に並ぶ。左斜め前に新の姿が見えたが、彼が振り返ることはなかった。

いったいどうするべきか。病のことを打ち明ければそれで済むのかもしれない。でも、僕にはまだ覚悟ができていなかった。死ぬのは怖くないのに友人に真実を伝えるのはためらうなんて馬鹿みたいだ。でも伝えることが一番難しい気がする。

楓も、同じことを思ったのだろうか。今だからわかるけど、きっと彼女は自分が助からないことを知っていた。しきりに口にした未来の約束、言い淀んだ言葉、手もとに残るリストがそれを裏付けている。

僕が隠しているせいで矢沢がふたりに疑われるなら、意味がないのではないか。誰かを不快にさせてまで病を隠し続けたいわけではない。ただ僕は、これを知った人が悲しむ姿を見たくないから口を噤んでいるだけだ。

「それでは開会します！」

壇上で生徒が開会を宣言する。すぐ自分たちの持ち場につくべく生徒たちはまばらになっていく。僕はクラスメイトのうしろをなにも言わずついていった。

前を歩く矢沢の笑顔だけが視界に入っていた。


「まじでしんどい」

盛り上がる校庭から抜け出し、自動販売機の前まで来ていた。唯一の出場競技である五十メートル走は四位という中途半端な結果で終わった。クラス優勝へ貢献も足を引っ張ることもしない順位だったが、最後の体育祭の見せ場が終わったことに安堵する。何度も思うが運動は好きじゃないのだ。

炭酸飲料のボタンを押す。落ちた衝撃でペットボトルの中でせり上がる泡に、開けようと伸ばした手が止まる。このままだと開けた瞬間に中身が噴き出すと思ったからだ。仕方なくペットボトルを持ったまま校庭に戻ろうと歩きはじめる。

と、生徒たちがひと際盛り上がる声が聞こえてきて、いったいなんだとクラスメイトの方に急いで戻った。

「頑張れー！」

運動部の男子がTシャツの袖を捲り、筋肉質な腕を露わにしていた。レーンに八名、三年の各クラスの代表者が並んでいる。その中に新の姿もあった。黄色い声が上がり、体育祭のメインイベントのひとつである借り物競争が始まる瞬間だった。

「どこ行ってたの」

前方から矢沢が人の波を縫って現れる。ペットボトルを見せれば、運動に炭酸、と訝しんだ目をされるが、僕の出番は終わっているので問題ないと口にする。

「これ勝ったらクラス優勝も夢じゃないんだよね」

クラスメイトの名前を呼び応援する矢沢に、よかったなとだけ返す。僕はクラス優勝にそこまでの執着がない。彼女が勝ちたいのは知っているけれど、勝てたらいいねとどこか他人事だ。

「運動嫌いでも勝ったら嬉しくない？」

「勝てるに越したことはないけど、あんまり興味がない」

　その言葉に矢沢はひねくれ者めと言うが、そう思うのだからどうしようもない。ようやく泡が落ち着いた炭酸飲料のキャップを開け口をつける。きつい炭酸が喉を通り、ついうめき声を上げげた。炭酸のひと口めはいつもこうだ。

「借り物、今年のお題はなに?」

「親友とか、気になる人とか。あ、ライバルとかもあったよ」

「絶対走りたくないお題だ」

「嫌いな先生とかもあった。選ばれた先生可哀想だよね」

「成績下げられるかも」

「ありそうー。受験なのにこんなことで下げられたらたまったもんじゃない」

　矢沢に連れられ一番前のスペースに腰を下ろす。ブルーシートに隙間なく座った生徒はみんな、頑張れと応援している。

「始まる」

　ピストルが構えられ、パンッと大きな音が鳴り響いた。一斉に走りはじめた八名に今日一番と言っていいほど盛り上がる観客。

　数十メートル先でお題を最初に取ったのはクラスメイトだ。彼は周囲を見回した後、同じくうちのクラスの運動部の男子の名前を呼んだ。うしろから出てきた彼にお題を見せ、足にバンドを巻く。ここからは二人三脚でゴールしなければならない。

「なんのお題だったんだろ」

「さぁ」

次に、辺りをきょろきょろ見回す新の姿が目に入った。そして目が合った。僕と矢沢は顔を見合わせ、呼ばれる準備をした。けれど彼の表情は一瞬で曇り、僕らの前を通り過ぎる。

「三上、来て」

少し離れたところで新は三上の手を引いた。足にバンドを巻いて二人三脚を始める。背丈の低い三上と彼とではなかなか歩幅が合わず、ゴールするのが遅れた。

最終的にゴールテープを切ったのはクラスメイトで、うちのクラスの集団から歓喜の声が上がる。彼が掲げたお題は〝最後に連絡した相手〟だった。

「優勝、あり得るかも！」

矢沢は跳ね上がりそうな勢いで喜んだが、ゴール後、新のお題を聞いた瞬間、すべてが一変した。

「気になる人」

いつものように緩く微笑む新に、一瞬で周りから黄色い声が上がった。隣にいる三上の顔はすぐにグレーの濃度が上がっていく。熱が集まっているのだと気づくのに時間はかからなかった。

平然とした顔でバンドを取って三上にありがとうと笑う新、照れて顔が見られない三上に誰かがお似合いだと口にした。突然の暴露に僕は唖然としてしまう。けれどふと隣を盗み見たとき、矢沢の瞳が揺れた。

あ、泣きそう。そう気づいたのは彼女の泣き顔を知っているから。

僕だけがわかった変化に声をかけようとした。しかし近くにいたクラスメイトが彼女に話しかける。すぐに表情を変えた矢沢だったが、僕は矢沢が去るまでなにひとつ口にできなかった。

結局、体育祭はうちのクラスが優勝した。最後の借り物競争が優勝に繋がったらしい。閉会式後にダンスをしたが、僕は参加せずグラウンドの隅で楽しげに踊る生徒の姿を眺めていた。

教室に戻りホームルームが終わったのも束の間、打ち上げで焼き肉だ！　と誰かの言う声にクラスメイトが束になって出ていく。制服に着替えた僕はまだ席に座ったままの矢沢に声をかけた。

「なぁ」

「なに？」

「行かないの？」

「打ち上げ？　やることあるから後で行く。先に行ってて」

　このクラスにいる友人と呼べる存在が矢沢しかいないのをわかってるだろと言ってやりたかったが、矢沢が落ち込んでいることが見て取れてしまい僕は息を吐く。

「……やること、どのくらいかかる？」

「え、なんで……」

「待っててやるから一緒に行こう」

　どうせさっきの新と三上の件だろう。もし彼女がまた責められたら割り込んでちゃんと理由を言おうと思った。矢沢は目を瞬かせたがふっと笑みをこぼす。

「気遣えるんだ」

「俺のことなんだと思ってんの」

「そんなことできない人間だと思ってた」

「……先帰るぞ」

「ごめんごめん、ありがと」

　矢沢は立ち上がる。鞄だけを残して教室の扉に手をかけた。

「話してくる」

　駆け出した彼女を見送ってから再び席に着き、ノートを開く。運動中に炭酸をがぶ飲みするに線を引いた。運動中とは言い難いがさして変わらないだろう。誰かを応援するにも線を引く。三年間で一番ちゃんと応援したから。優勝に興味はなかったが一応、声は出した。及第点だと許してもらおう。

それにしてもずいぶんとリストをこなしてきた。あと何項目あるのかわからないが楓はずいぶん強欲だ。それに、やはりこんなくだらないことが願いなんて彼女らしくもないと思った。僕の知っている楓は現実的ではあるが、願いと言われたらもっとあり得ない願いを口にするような人間だから。

僅かに開いた窓から五月の風が入り込む。体育祭後、人気《ひとけ》のない校舎からいつものような運動部の掛け声は聞こえない。静かな空間、初夏の午後が微睡《まどろみ》を連れてくる。僕は瞼を何度も閉じかけた。

少しならいいだろうか。矢沢が起こしてくれることを願い机に突っ伏した。


「だからこう、心臓にグッとくる色だよ！」

「わからん」

一蹴しても楓は話を続けた。楓は高校の制服姿で僕は中学の制服。胸もとを摑んだ彼女の手を払いのける。しかし楓は諦めず同じことを繰り返す。

「心臓を鷲摑みされたみたいな感覚」

「鷲摑みされたことないので」

「もうーノリが悪い！」

僕の目には色彩が映らない。それを彼女はよく知っている。わかっているのに楓は色を伝えることをやめない。僕が本気で彼女を突き放すまで、これはずっと続いていくのだろう。

心臓を鷲掴みされたような感覚の色ってなんだ。取り留めのない、他愛もない会話。憶える価値もない、日常の連続。これが永遠に続くものだと思っていた。

心臓に手を当てられた。顔が近づく。距離は数十センチ。普通の人であれば片方が恥ずかしがり顔を逸らすだろうが、長年この距離感で生きてきた僕らにとっては、まだ逸らす必要のない距離だった。

「ここが、突き動かされる色」

「楓がそう思うならそうなんじゃない？」

僕にはわからない、何度目かわからなくなる同じ返事。でも楓は気にしない。

「私と夕吾と――」

――色。

情けなく眉尻を下げ、唇を噛み締めくしゃりと笑った彼女は、あのときなんの色と言ったんだっけ。ああ、本当になにも憶えていないな。憶えていないのではなく、忘れていっているのか。彼女がいなくなってからの日常が楽しくて仕方ない状態になったから。脳が記憶を更新していくせいで。

楓のリストで変わった日常が、彼女を忘れさせていく。記憶を薄れさせていくのだ。はっと目が覚めた。教室には誰もおらず、床に自分の影が伸びている。時計に視線をやるも数分しか経っていなかった。

寝ぼけ眼で辺りを見回したが矢沢の姿はなく、連絡も来ていない。立ち上がり、探そうと考え彼女の荷物を持って教室の外に出た。僅かに誰かの声が聞こえる。それを頼りに渡り廊下に出た。

「いない……」

窓の外をのぞくと眼下には先ほど炭酸飲料を買った自動販売機があった。足音が聞こえ、思わず身を乗り出した。

「待って」

矢沢だった。先を歩く姿に見憶えがある。新だ。ふたりの顔は見えないが声はしっかり耳に届いた。

「話したいことが」

「なに？　夕吾と付き合ってるって？」

「ちがう！」

「じゃあふたりしてなに隠してるの。最近おかしいよ、とくにお前」

「そんなこと……」

「リストに協力してるのはわかるよ、でも距離感が前と全然ちがう。仲直りしてからずっとなんか変だ」

「それは――」

　言い淀んだ矢沢の姿に、もう言ってしまおうと思った。怪しまれ矢沢が責められるなら隠す必要はない。そちらに向かおうとしたそのとき、凜とした声が響き渡る。

「言えない」

「なんで？」

「うちから言うことじゃないから。これは、大野が言わないと意味がない」

　先ほどまで動揺していたのに、一瞬で切り替わった声音に踏み出した足が止まる。

「言いにくいことだから大野が決心するまで待って」

「なんで自分は知ってるの」

「偶然聞くことになっただけ。ひとつ言えるのは、伝える相手のことを思って大野は言いにくくなってる。だから待っててほしい」

「なんだそれ」

「付き合ってないし、それが原因でふたりに誤解させたのなら謝る」

窓に背を預け、しゃがみ込んだ。矢沢、お前馬鹿だろ、と小さく呟いた声はふたりに届かない。疑われてまで隠す必要はどこにもない。頑なに口を割らないことなど僕は求めていない。でも矢沢は根が真面目だから、僕の口からふたりに告げるまで、自分は絶対に口を開かないつもりだ。

「でも夕吾のこと好きでしょ」

唐突な発言に、思わず顔をそちらに向けた。なにを勘ちがいしているのだ新は。矢沢はちがうと返したが、彼はそれを認めようとしない。

「うちが、ずっと捜してたのは新なのに」

今度こそ僕は手すりを摑み、身体をそちらへ完全に向けた。状況の整理が追いつかない。けれどこれじゃ盗み見だ。ふたりに申し訳ない。でもその場から離れられなかった。

「子供の頃、冴えないうちに唯一優しくしてくれたのが新だった。引っ越すとき、もう一度会えるようにって願ってミサンガを渡したの。でも、うち自信がなかったから。好きな格好をして自分を磨いたら、また会えたときに仲良くなれると思ったんだよ。やっと再会できたのに、新は気づかなかったけど」

ハッと息を吞む。去年、彼女が教えてくれた幼馴染が新だったのだ。

「……気づいてた」

「え……」

「矢沢があの子だって、最初から気づいてた」

そして気づく。新が前に言っていた昔好きだった女の子は矢沢だったのだ。あの空色のミサンガは、幼い頃の矢沢が贈ったものだった。

しばらく沈黙が続き、矢沢がなんでと呟く。

「派手になったから駄目だった？　あの頃のままの方がよかった？」

新はなにも言わない。けれど沈黙は肯定と同じだ。

「だってあの頃のうち……三上ちゃんとそっくりだもんね」

今好きな人と昔好きだった人。新にそう聞かされたとき、なにを言っているのかわからなかった。相談するにしても相手をまちがえているとも言った。でも、それはまちがいではなかった。だってこんなにもすぐ近くで問題は起きていたのだから。

新は本当に三上のことが好きなのだろうか。たしかに彼女は優しくていい人だ。穏やかで優等生、矢沢とはちがう女の子らしい女の子。でも当時の矢沢がそういう人間だったのなら、彼女の面影を追っているだけではないのか。

友人として新を見てきたからわかる。三上に向けない顔を矢沢には向けるときがあることを。そこに恋の欠片があるのか僕には判別できない。けれど、ちがいがあるのはわかる。

たぶん新は――。

「もういい」

矢沢のひと言で現実に引き戻された僕は、慌ててそちらに視線を向ける。彼女は新を置いて去ってしまった。残された新は頭を掻いた後、矢沢とは反対方向に歩き出す。

これでいいのだろうか。

でも話題が話題なだけに僕が介入するのはちがう気がする。だってこれはふたりの問題だ。

僕も楓との問題に首を突っ込まれたらきっといい気持ちはしない。もう、彼女はいはしないけど。

陽が落ち、うっすらと紫色が夜の帳を下ろしていく。立ち上がり校舎へ戻る。おそらく、彼女が現れる方向へ。階段を下りていたとき、上がってきた矢沢と目が合った。酷く憔悴しきった顔であったが、泣くのを我慢しているようにも思えた。僕を見て無理に笑う矢沢がなにかを言う前に、先に言葉を被せた。

「言わなくていい」

それだけで伝わったのだろう。矢沢は作り笑顔をやめた。それでも、崩れそうになった表情で必死に笑みを作ろうとしている。

「やっちゃった」

僕はなにも言えなかった。

「駄目みたい。この格好じゃ無理なんだって」

「そうは言ってなかっただろ」

「でも目がそう語ってた」

二段下で足を止めた矢沢は下を向いてしまう。

「駄目なんだって」

矢沢の声が、身体が、震えていた。明るく振る舞おうとしているがまったくできていない。必死に涙をこらえている矢沢に向かって僕の手は動いた。

あの日、彼女を泣かせてしまったことを後悔しながら。

「矢沢さぁ、ダンス好き？」

「なにいきなり」

「いいから」

「嫌いでは、ない」

「よし」

その手を摑んで足早に階段を駆け下りる。うしろから転ぶ、危ないなど聞こえるが足を止めず走った。上履きのまま外に出る。夜が姿を現す寸前だった。

誰もいないグラウンドで向き合う。

「ちなみに俺は嫌い」

「でしょうね」

「でも最後だから」

先ほど矢沢が踊っている姿を遠巻きに眺めていたが、新の件のせいでなにも楽しそうじゃなかった。僕は端末から曲を探す。矢沢は、意味わかんないと言葉を漏らす。

「さっき踊ろうとしなかったのに」

「うん、踊る気なかったから」

「じゃあなんで……」

「願いが叶うんだろ？」

彼女はハッとした表情でこちらを向く。

「恋愛でもなんでもいいけど、願いが叶うなら新とのこともなんとかなるよ」

「……キザ」

「今の俺にできる精一杯の慰めはこれだけだ。諦めてくれ」

ふたりが仲たがいした原因は僕にもある。慰めるなんてキャラじゃない、誰かにしたこともない。だからどうすればいいのかわからないけど、矢沢がこのダンスに気合いを入れていたのは知っている。きっと、新と踊りたかっただろうことも。

「文化祭では新と踊って」

「踊ってくれないんだ」

「俺はもういないから」

曲が流れはじめる。彼女の手を取り、腰に手を当てた。ワルツにもならない下手なダンスだ。それでもリズムに合わせて揺れ動く。夜の校庭でたったふたりだけ、舞台裏で練習しているようなレベルの踊り。

矢沢の顔が歪んだのに気づいた。握られた手に力がこもったのもわかった。

「泣いてもいいと思う」

「なにそれ」

「我慢してるよりずっといい。なんなら俺を殴ってくれてもかまわない」

「殴らない」

「それでも板挟みにさせた、ごめん」

ゆらゆら揺れ動きながら謝罪の言葉を口にする。矢沢がターンをしたとき、頬に冷たい雫が飛んできた。下を向き、唇を噛み締める彼女が泣いてると気づいたのは一瞬だった。ポロポロととめどなくあふれるそれをぬぐいもせず、しゃくりあげながらもダンスを続ける矢沢は頭を僕の鎖骨にぶつけてくる。

「大丈夫、絶対叶うから」

「……本当に叶えてほしい願いは叶わないのに？」

「……新との関係はきっとよくなる」

「なんで」

——死んじゃうの。

彼女のひと言に腰に回していた手を背に動かし、なだめるようにポンポンと叩く。なんで、どうしてと矢沢が呟き、制服のシャツが濡れていくのに気づいても、身体を離すことはできなかった。

今日が思い出になったとき、彼女はもういない僕のことを思い出すのだろうか。初恋の幼馴染と仲たがいして、数ヶ月後に死ぬ友人に慰められた思い出は、きっといいものではないだろう。それでも、こうせずにはいられなかった。

真っ直ぐで不器用な彼女が、どうか僕が死んだ後、ひとりで泣かないようにと願うしかできなかった。


「だから、なんにもないんだって」

「夕吾が隠し事してる以外？」

「そう！　矢沢はなにも悪くない！」

体育祭から一週間、何度も新を捕まえては矢沢の件について誤解を解こうとした。三日間無視され、四日目にやっと目を合わせてくれるようになり、そして今、ようやく会話をしてくれるようになった。

「俺に言えないのに矢沢には言えるの？」

「あれは不可抗力だった」

「普通にショックだよ。そういうの先に言ってくれるものだと思ってた」

季節は六月に入った。衣替えで半袖のシャツを着はじめたが夜はまだ冷える。

僕の視界には淡い薄桃色が目立ちはじめた。二ヶ月ほど前なら楽しめたはずの花はもう散ってしまっている。矢沢が撮っていた写真の中にあるだろうか。後で聞いてみようと思いながら廊下で新と睨み合う。否定しても認めてくれない彼に、険しい表情になってしまうのは仕方ないだろう。

「わかった、どっちに怒ってる？」

「どっちって？」

「俺が隠し事してることと、矢沢と仲良くしてること。こっちから見れば、後者に思える」

新の眉が跳ねた。僕は恋愛に疎いがこれくらいわかる。ともに時間を過ごしてきたからなおさらだ。新はまちがいなく矢沢のことを意識しているし、矢沢はずっと、新のことを大切に思っていた。新の隣に立っても誇れる自分でいようと変わった彼女と、その変化を受け入れられない新。はたから見れば早くくっつけと思うくらいだが、矢沢はたぶん、僕のせいで優先順位を変えてしまったのだ。

新は下を向いてボソッとなにかを呟く。聞き返した僕に顔を上げた彼は子供みたいな表情で再び口を開いた。

「両方!!」

「はぁ?」

「夕吾が俺に隠し事してるのも嫌だし、矢沢とふたりで仲良くしてるのも嫌だ!」

「子供か」

駄々をこねはじめた新に周囲の視線が集中する。なだめても駄々をこね続ける彼の腕を引っ張り、人気《ひとけ》のない階段裏まで移動した。移動中も嫌だと言い続ける彼に、頼むから静かにしてくれと言うもまったく聞く気はなかった。

「だって俺の方が夕吾と仲良いじゃん!」

「そうだな、仲良いよ」

「じゃあ俺が知ってるべきだ!」

「……仲良いからこそ知らない方がいいかもしれない」

壁に背を預けた僕はきょとんとした顔の新を見下ろした。彼は制服が汚れるのも気にせず床に座り込んでいる。膝を抱えいじけはじめた彼に、同い年と話しているとは思えなくなった。

「なんで矢沢なの」

「俺が口を滑らせたから。たまたまそれが矢沢だっただけ」

「それって年末の喧嘩に関係ある？」

「ある。それが原因」

「矢沢が必死に隠してるのは？」

「お人好しだから俺を思ってくれてる結果。知ってるだろ」

子供の頃から見てきたなら、彼女がどんな人間かわかっているはずだ。

「好きじゃないの？」

「俺が矢沢を？　ない、それは絶対ない」

「はぁー……」

安堵のため息をついた新に、最初からそう言ってるだろと返せばごめんと謝られた。わかればいい。そこを誤解されたままなのは困るし、矢沢にも申し訳ない。

「三上のこと好きなの？」

「昔の矢沢に似てるの。好きっていうより、いろいろ相談乗ってもらったから感謝はしてるけど」

「相談って？」

「進路とかそういうの。三上も借り物競争の件がどうしてああなったのかちゃんとわかってるよ、説明したし」

「矢沢にむかついて呼んだって言ったの？」

「うん。後からちゃんと会話しなさいって怒られた」

「さすが三上……」

しっかり者の三上は借り物競争で呼ばれたことに対して怒るのではなく、矢沢と話さないことに怒るのか。

「矢沢の、今の見た目が嫌だ？」

「うーん、戸惑いはするけど嫌いじゃないよ」

「じゃあなんで……」

「もしかして……この前の会話、聞いてた？」

隠しきれるとも思わなかったのでうなずいた。新は頭を抱える。

「つい、苛ついて」

「……お前、それちゃんと言わないと勘ちがいされたままだよ」

「わかってるってー」

やらかした、としょぼくれた新に、僕もしゃがみ込む。言おうと思った。ここで隠し事を言ってしまおうと口を開いたのに、声にならず二酸化炭素だけが出ていく。

「謝る」

「そうして、できれば早めに」

「……頑張る」

片手に持っていたリストを開いて彼に見せた。ある一行を指差したとき、彼は目を瞬かせたがすぐにニヤリと笑った。

「ワルだね」

「本人に言ってくれ」

「でも実行しちゃう俺らもワルだ」

立ち上がった新は僕に手を差し伸べた。その手を取り立ち上がる。背中を叩かれ頑張るぞと言いながら拳を上げた彼に僕は苦笑する。

これで、すべてが丸く収まるように願いながら。


二百四十五、夜の校舎で鬼ごっこ。

それを見たとき、一番に思ったことは、馬鹿だこいつ、だった。今までさまざまな願いを叶えてきたが、その中でも一番と言っていいほど無謀で呆れる願い。けれど、彼女らしいと思ってしまったのも事実だった。

六月某日、夜九時。校門の前で腕を組む。片手にはしっかり、ノートを握り締めていた。

「ばれたら停学？」

「最悪、退学」

恐るおそる聞いてきた矢沢の顔が青ざめる。僕は退学になっても困らないが、ほかの三人は処分を受けると困るだろう。最悪、見つかったときのために僕が全責任を負う言い訳を用意しているが、どこまで通用するのかわからない。

「めちゃくちゃ入りたくない」

「怖いの嫌いだもんねー」

「うわ！」

背後からかけられた声に飛び上がる矢沢に、新はいたずらがうまくいった満足感で腹を抱えて笑っている。絶対怒られる。予想どおり新は矢沢に頬をつねられていた。

いったいどんな会話をしたかわからないが、ふたりの仲は元に戻っていた。矢沢曰く、付き合ってはいないとのことだったが時間の問題だろう。僕としては早くくっつけと思っている。お気楽な新と、怒りながらもなんだかんだで許してしまう矢沢はお似合いだ。

ふと三上が隣にやってくる。

「これ」

彼女が持っていたビニール袋の中に入っていたのは水鉄砲だった。

「リストに水鉄砲で戦うってあったでしょ？　一緒にやっちゃえばいいんじゃないかって」

「み、三上さん？」

「大変だ、三上が不良になった！」

思わず上げた声にふたりが振り向く。三上が真面目だと信じていた矢沢はショックを受け、新は楽しそうだとのん気に言った。

「ばれたらやばいよ」

「大丈夫。今日はお昼まで雨が降ってて、明日は朝から一日雨。校舎内が濡れていても雨のせいだと思われる」

計画的な犯行だ。撃っていいのは廊下だけ、教室内を濡らした場合は拭くこと、と言いながら雑巾と水鉄砲をひとつずつ渡してきた三上。いったいどうしてこうなってしまったのか。こんな提案をするような人間じゃなかったのに。

「受験のストレスだよ」

これで解消する、と水鉄砲を構えた彼女に三人で顔を見合わせる。校門に足をかけ中に入ったとき、戦いの火蓋が切られた。

「元気すぎだろ、三上！」

廊下を全速力で走りながら水鉄砲を構え、追いかけてくる三上を離す。鬼ごっこ開始から早十分、防戦一方の僕に、戦う気満々の三上と新の猛攻撃が続いていた。階段を下り、空き教室に飛び込む。廊下には水滴が飛び散っていた。

「無理、本当に無理」

上がる息を整えながら教壇の裏に隠れ背を預ける。鬼ごっこが始まってから初めて腰を落ち着けた。僕の少ない体力は限界を迎えている。こんなに走ったのはいつぶりだろう。子供の頃しか憶えがない。

廊下をバタバタと走る足音が聞こえ口を塞ぐ。それは止まることなく遠のいていった。どこだと新の声が聞こえたので、おそらく今の鬼は彼なのだろう。この面子で一度鬼になってしまえば巻き返すのが難しい。こちら側だと思っていた三上は誰よりも楽しんでいる。新の体力は言わずもがな、矢沢も運動が得意だ。

そういえばスタートしてから矢沢に会っていない。四階建ての建物を走り回っているが、彼女の姿はまだ見かけていなかった。最初に酷く怯えていたので、どこかに隠れているのだろうか。

制限時間は三十分。あと二十分間、僕は逃げ延びられるだろうか。

服の中に隠していたリストを取り出す。さすがにこれを濡らしたらまずいと思ったけれど、どこかに置きっぱなしにする気にもなれなかった。たしかに二百四十八番に水鉄砲で戦い合うと書かれている。

楓が喜びそうなことだと思った。夜の学校での鬼ごっこも、水鉄砲で戦い合うのも、彼女がやっている姿を容易に想像できる。水鉄砲を持った彼女が笑いながら廊下を走るのだ。なにか出るかもしれないと怖がっていたくせに、始まったらそんなことなどなかったかのように楽しんで、人に水をかけてケラケラ笑い逃げていく姿。

「やりそう」

そういえば昔もこんなことしたっけ。水鉄砲片手に記憶の引き出しを開けた。

「夕吾、こっち！」

「待ってよ！」

小さな子供の頃だったと思う。僕は前を走る楓に必死についていった。腕には水鉄砲を抱えている。

「今日こそやり返すの！」

「いいよ、べつに」

「よくない！　やられっぱなしは駄目だってお兄ちゃんが言ってた！」

近所にある林の中、見憶えのあるうしろ姿が数名いた。僕がまだ、人とちがう視界のせいでいじめられていた頃の話だ。二、三歳離れた近所の悪ガキたちに、僕はいつもからかわれていた。その度に楓が守ってくれたけれど、そんな彼女もついにやり返すときが来たと言い出した。

木のうしろに隠れ水鉄砲を構えた僕ら。楓は片手に薄っぺらな端末を持っている。どこから持ってきたんだと問えば兄のものを奪ってきたらしい。

「行くよ」

うなずき、悪ガキたちの背中めがけて水鉄砲を照射する。見事ヒットし彼らは水浸しになった。怒鳴ってこちらに近づいてきたけれど、楓が音声を流した瞬間、顔色が変わった。

『許さない……』

流れたのはよくある、動画サイトのホラー音声。不気味な女性が恨みつらみを言いながら近づいてくる恐怖映像だった。驚くほどの子供だまし。けれど発案者もターゲットも子供だった。音声に震え泣き出した悪ガキたちは走ってどこかに逃げていった。ひとりは転んでズボンが半分脱げ、パンツを見せながら。

彼らを見送った僕らは大笑いした。

「成功した！」

「最高！　見た？　あの顔！」

「ださかった！」

「あんなやつら敵でもなんでもない！」

ケラケラ笑いながら帰路につく。ふと、手に持ったままの水鉄砲に視線を向けた。ふたり目を合わせる。どちらが先にニヤついたのだろう。僕らはお互いの顔めがけて水鉄砲を発射した。水滴が飛び散り、ずぶ濡れになっても笑いながら走って悪ガキたちを馬鹿にした。

水滴が飛び散る中、楓は馬鹿みたいに笑っていた。白い歯が覗き、目が線になるほど楽しげに。そのとき僕は、言いようのない感情に駆られた。

酷く眩しかった。目も当てられぬほどに、すべてが輝いていたのだ。

あまりの眩しさに目を逸らす。楓は不思議そうにこちらへ問いかけたが、僕の心臓はギュッと締めつけられた。

その日感じた強烈な眩しさの理由を知らず、答え合わせもできないまま彼女はいなくなった。

ふっと笑みが零れ、我に返る。手に持っている水鉄砲も、夜の学校も色づいているのに、頭の中の彼女は色彩のひとつもない。鮮やかになった世界でたったひとり、楓だけが灰色だ。誰よりも楽しんでなによりも輝いているのに。

――彼女だけが、色づかない過去にいる。

気づいたとき、身体が跳ねて教卓にぶつかり音を立てた。廊下から聞こえていた足音が止まり、ゆっくり扉が開かれる。遠慮がちな声が耳に届いた。

「大野……？」

顔を出してそちらをのぞいたとき、今までとはちがう色彩が目に入り言葉を失ってしまう。怯えながらもこちらに気づいた矢沢は安堵の表情を浮かべていた。

その肌が、色づいている。

何度も瞬きをした。矢沢は近づいてくるが声が出なかった。彼女の肌は明るくて、目もとに引かれたグレーのアイラインが際立っていた。睫毛がキラキラ輝いている。彼女のメイクのすべてを肌の色が強調していた。

肌色に温かさを感じる。いつかの楓はそう言った。僕の視界の色彩は楓が馬鹿みたいに続けていた説明と、どんどん結びついていく。

人間は酷く冷たい生き物だと勝手に決めつけていたが、色彩を得るとそうも見えなくなった。人の印象は色で変わるらしい。体温が温かいのも、この色彩から生み出されていると考えたらなんだか納得がいった。

「よかった……人だった……」

周囲を警戒しながら駆け寄ってきた矢沢がいつもよりずっと魅力的に思えたのは、たぶんようやく人が持つ一番多い色彩を見られるようになったからだ。

視線を下に向ける。水鉄砲を持つ僕の手が映る。肌の色だ。けれど矢沢とはちょっとちがう。彼女の方が明るい。僅かな差にまた瞬きを繰り返したが、矢沢は倒れ込むようにこちらへ座り込んだ。

「みんないなくて焦った……」

「大声上げて走り回ってたよ」

「今静かだよ、疲れたんでしょ」

休憩、と黒板を背に彼女が気が抜けたように座り込み、水鉄砲を膝の上に置く。短い丈のシャツは黄色の花が描かれていて、黒のショートパンツのポケットから覗く端末のケースは淡い薄桃色、底が厚いスニーカーは青信号の色に似ていた。ハイトーンの髪はうしろに束ねられている。飾りは白。

唇以外が、色づいていた。

「黙ってるのやめて、怖いから」

ほとんどが見える色で形作られた矢沢に一種の感動さえ憶えた。

でもどうしてだろうか。あの日感じた強烈な眩しさは感じない。胸に空いた穴が広がった気がする。季節が過ぎれば過ぎるほど大きくなる。嬉しいはずなのに、あれだけ世界が色づくことを喜んでいたのに、今の僕はどうしようもなく苦しくて。

目頭が熱くなった。

「大野？　大丈夫？」

心配する声が聞こえても、声が出ないままだった。眼鏡を外し、顔を覆う。覆った指の色さえわかる。しわはただの線ではなく色があるのにも気づく。爪の色は少しぼやけて見えた。

言葉が出てこない。髪を掻き上げて顔を覗き込んできた矢沢に、なんでもないと呟いた。僕自身、この感情がなんなのかわからなかったから、なんでもないと言うしかなかったのだ。

瞼の裏側に浮かぶ幼馴染は今も灰色だ。どれだけ記憶を振り返っても、夢の中でさえ彼女は白黒のまま。

気を取り直し、眼鏡をかけようとした。

「あ、待って」

矢沢に制され、ぼやける視界の中、彼女の方を向いたそのときだった。

水が、顔面に飛んできた。

「は!?」

「やったー！　次の鬼は大野ね！」

作戦成功！　とはしゃぐ矢沢は立ち上がって逃げようとする。僕は急いで顔を拭き、眼鏡をかけ直した。

「待て矢沢！　許さねぇぞ!!」

飛び出した廊下の先に逃げる彼女を追った。再び息が上がる頃、心の穴は感じなくなっていた。


「はい、夕吾の負けー！」

「アイス奢りー！」

「ごちそうさま」

校門の前、げっそりした僕とは対照的な三人の顔に水鉄砲を撃つ。悲鳴が上がったがかまわず撃ち続ける。

結局あの後、僕は誰も捕まえられないまま時間切れになった。三人は僕にアイスを奢らせるため手を組み、逃げたのだ。最後、三方向から襲い掛かった水鉄砲に、僕の身体はびしょ濡れになった。ノートも表紙の一部が濡れてしまったが、風に当てていれば乾くだろう。

濡れた髪を掻き上げ、終了後の僕の攻撃で濡れた三人を横目にリストに線を引く。その後濡れたまま四人でコンビニに行き、アイス片手に帰路についた。

ばれなかったねと笑う三上はすっかりワルに染まっていて矢沢が引いていたが、翌日、予報どおりに雨が降ったので僕らの犯行は完全犯罪に終わった。

恋の色だ

いつの間にか夏が来ていた。

僕以外の三人の夏休みの予定は予備校やオープンキャンパスなどで埋まっていた。矢沢と新はそれに加えアルバイトもこなしている。

ほとんど色彩が見えるようになった世界でひとり、去年のように部屋で時間を過ごしていた。

夏休み中、予定が詰まることを見越していた三人は休み前にリストを集中して進めようと協力してくれた。ひとつでも終わらせようと躍起になったおかげで、休み前の僕らは睡眠時間を削りながらありとあらゆる願いを叶えた。

海に行くと書かれていたら放課後電車に乗り海に直行し、夜中に花火をすると書かれていたら深夜に集まり公園で花火をして補導されかけた。

そんな凝縮された休み前とは裏腹に、僕は今、特別予定のない緩やかな休暇を味わっていた。

人生最後の夏休みだから、穏やかでもいいのかもしれない。やる必要のない宿題は早々に終わらせ、長い夏の時間を両親と過ごすことに割いた。先に死ぬ親不孝者の息子ができることなどたかが知れている。それでもふたりに少しでも恩返しができたならと思った。それを口にしたとき、ふたりは一緒に時間を過ごしてくれればいいと泣いた。すぐそばにやってきた喪失に怯えながらも、いつもどおりの僕でいてほしいと願った。泣けない僕は、罪悪感を抱くことしかできなかった。

生きたいと思ったことはない。けれど死にたいとも思ったことはない。僕はほかの人が思うよりもずっと、自分に対してどうでもいいと思っていた。それは残り六十四日を前にしてもなお変わらない。死にたくないと神に縋ることさえない。それもまた、仕方のないことなのだと諦観しているからだ。

もし死にたくない理由がひとつでもあるのなら神に縋っただろうか。でも残念なことに僕の世界は満たされてしまった。去年よりもずっと、楽しくて仕方ない。色彩が見えるようになり友人ができ、リストのおかげで体験したことのない楽しさを感じることができた。なんだかんだ楓のおかげでこの一年が変わった。

ただ無彩病にかかっただけだったら、僕は今までと変わらぬ生活を続けていたはずだ。夜の学校に忍び込むことも、友人とクリスマスパーティーをしたり、誰かとデートをしたりすることもなかった。淡々と死ぬまで変わり映えのない日常が続いていただけ。

昔の僕ならそれでも納得できただろう。でも、今の僕はちがう。世界が鮮やかになり、交友関係が広がり、たくさんの経験をしたせいで酷く満たされている。無彩病になってから笑っていた時間の方が長い。両親から最近よく笑うようになったと言われたとき、ふたりには申し訳ないけど、この状態になったから世界が変わったのだと思った。

それでも、心になぜか穴が空いている気分だった。風がずっと吹いている感覚。夜の学校で鬼ごっこをした日からその穴は大きさを増した。楽しいはずなのに、満たされているのに、心の穴はどんどん大きくなっていく。虚しさが、心臓の中心に存在していた。きっとそれも、リストのせいなのだろう。

僕はページをめくる。

三百六十四、金木犀の匂いを嗅ぐ。

そこでリストは唐突に終わっていた。最後の一ページは破られていた。楓はなにを思ってページを破ったのだろう。三百六十五個目になにを書いたのかなんて、わかるはずもない。

なぜか季節に合ったリストの願いは、彼女が一年を通してやりたかったことリストなのではないかと気づいた。代わりに僕が叶えているけれど、たぶん虚しさはそのせいだ。

僕がどれだけ経験しても、楓の願いは叶わない。彼女は自分自身で願いを叶えるために書いていたのだから。それが、最初からできないことだとわかっていても。死ぬのがわかっていたから、一年を通して経験したかったことを書いたのではないだろうか。僕にはそう思えてならない。

叶えても楓はもうここにいない。彼女はどれも経験できないまま死んだ。それが事実だ。ひとつ取り組む度に友人と協力して躍起になり、ひとつ叶える度にみんなで達成感を得た。けれど、楓はいない。本当は楓が経験すべき日々だったのに。

最初からわかっていたのに、叶えれば叶えるほど虚しさが襲ってきた。僕が幸せになればなるほど、脳内にいる灰色の彼女が薄れていく気がした。楓の願いを叶えるために始めたのに、いつしか僕が楽しむためのものに変わってしまっていた。

純粋に、彼女のために。そう思っていたけれど、もしかすると最初からそうじゃなかったのかもしれない。最後の一年を、リストをこなすことで勝手に達成感を得ようとしていただけなのかもしれない。

ひとりでいる時間が長くなればなるほど、思考はどんどん落ちていく。このままではよくないと思った僕はベッドから起き上がった。午後五時過ぎ、空はまだ暮れそうにもない。夏の陽は長い。太陽は燦燦《さんさん》と降り注ぎ、空は水色に輝いていた。

今日は夜に矢沢と会う約束をしている。僕の病を唯一知っている彼女は、ほかのふたりには言わず、一週間に一回顔を見に来た。一緒にコンビニで飲み物やアイスを買って公園で話すのが夏休みの習慣となっていた。

僕はまだ、ほかのふたりに真実を伝えられないままでいる。けれど矢沢は急かさなかった。直前でなければいいというのが彼女の持論だった。さすがの僕も、近日中に死にますありがとうございました。なんて真似はしない。

ただ、最後の決心ができずにいる。

悩んで動けなくなってしまう前に立ち上がる。ずっと避けていた場所に行けば、決心がつくのではないかと考えたからだ。

リビングに下りて母に出かけるとひと言だけ声をかけて外に出た。冷房の効いた部屋から炎天下に出た瞬間、眩暈《めまい》がしそうになる。夏が好きな人間はどうしてこの暑さが好きなのだろう。楓も夏になると元気になったが、理由を教えてほしかった。

コンビニに売られていた五百円の花束と飲み物を買う。五百ミリリットルのペットボトルを無理やりポケットの中に詰めた。バスに乗り十分、花を握り締めたままアナウンスの音声に従いボタンを押す。

再び外に出たとき、場所柄故か涼しさを感じた。

「ついに来たな」

バス停から徒歩五分、見上げた先で等間隔に並ぶ灰色の石は人が生きた証拠だった。

僕は初めて楓の墓参りに来ていた。

口頭でしか聞いていなかった場所へ、記憶を頼りに進んでいく。並ぶ墓石に人影は見当たらない。こんな暑い日に墓参りをする人間はいないらしい。いない方がいい。じゃなきゃひとりで来た意味がない。

どのくらい歩いただろうか。もしかしたら数分なのかもしれない。ただ茹《う》だるような夏の暑さが長時間歩いたように体力を消耗させた。やがて白い百合がお辞儀している墓石が目に入る。刻まれた名前に、息が詰まった。

僕の身長よりずっと低い、灰色の縦長の石が立っていた。和泉家ノ墓と彫られたそこにいるのはまだひとり。先祖代々の墓ではなく、ただひとりのために作られた場所。でも、そこになにもないのを、僕は知っている。

台座に持ってきた花束を投げた。いける気もしなかった。いけたところでこの暑さでは一瞬で萎れる。仏花にしてはかわいらしい色彩の花を選んだのは、楓が百合が嫌いだと知っているからだ。

ピンクに黄色の小さな菊、薄紫の名前すらわからぬ花に大輪の灰色はダリア。まだ見ぬ赤――これが赤色だとわかるのは、灰色の世界で生きていた頃、彼女が何度も、この花は赤だと言い続けていたからだ。一番濃度が高い灰色を選んだけれど、たぶん正解だ。

よりにもよって先にいけられていたのは白い百合。これじゃあ本人は喜ばないだろう。

「よう」

ぶっきらぼうな挨拶になったのは、ここに彼女がいないと決めつけているからだ。いたらきっと、この挨拶に文句を言うはずだ。でも風は吹かず太陽は降り注ぐだけ。なにひとつ変わらない、彼女の声は聞こえず姿も見えない。

「どうせいないと思ってたから来なかった」

僕の知っている和泉楓は一ヵ所に留まるような人間ではない。もし死後の世界があるとして、自由に動き回れるのなら、こんな色彩のない場所ではなく鮮やかな世界を飛び回っているはず。

小さな骨壺に入った彼女は実家に置かれているらしい。僕は見ていないが、きっと大切にされているのだろう。誰よりも愛される存在だったから。家族にも友人にも、ありとあらゆる人に好かれた楓。そんな人間が幼馴染だからとはいえ、僕のそばにいたこと自体おかしかったのだ。

かつて彼女の身体だった骨を、どうしても彼女だなんて思えそうになかった。会いにいかなかったのはそれが原因だ。僅かな骨だけ残して灰になった。残ったそれを大切にするべきだとは思うけれど、楓はそこにいないと感じる。

人は死んだら二十一グラム軽くなる。それが魂だと言う説があるが、僕もその意見には賛成だ。

だって、楓はこんな狭いところにいたがる人間ではないから。

「これ、だいぶ叶えたよ。あと二十もない」

どこに行くにも持ち歩くようになったノートを取り出し、墓石の前でひらひらと動かすも返事などない。当たり前だ。彼女はこの世界のどこにもいない。

「俺が叶えても意味ないけど」

そんなことないと言ってほしかった。楓なら言うだろう、代わりに叶えてくれたの？　夕吾が？　積極的になって、と感動すらするかもしれない。

「俺、もうすぐ死ぬんだけどさ」

しゃがみ込んで暑さでくたくたになっている百合をつついた。

「全然怖くない。周りに申し訳ないと思ってはいるけど。楓はちがったよな」

僕とはちがい、彼女は人生を謳歌していた。どんなことにも全力で、笑いの絶えない天真爛漫《てんしんらんまん》な女の子。感情豊かで病気になったときも治ると笑っていたけれど、今ではそれが強がりだったと知っている。

「すぐ仲間が増えるぞー」

洒落にならない冗談を口にできるのも彼女にだけだった。今はもう、誰にも言えないから。

「聞きたかったことがあって。どうせ返事なんてないだろうけど」

あの日、病室で。楓はなんでもないと言ったけれど。

「なんて言おうとした?」

静寂、返事はない。

「憶えてて言おうとした? それともほかのこと?」

忘れるのを怖がった楓。脳が記憶を保有するのには容量があって、上限があるから。

自分のことを忘れてしまうのではないかと恐れていた。

でも、それは杞憂だと言おう。だって——。

「あ」

背後から聞こえた声に思わず立ち上がる。振り返ると大人っぽい女性がいた。ずいぶんと垢抜けたが、その顔に見憶えがあった。

「楓の……」

「幼馴染くんだー元気にしてた?」

そこにいたのは楓の高校時代の友人だった。よく一緒にいて何度か話す機会もあったので記憶の中に残っていた。

「お墓参り来たんだ?」

「まぁ……」

「意外だね、楓は絶対来ないって思ってただろうな」

「俺も、そう思ってました」

「ここに楓はいないって思ってた？」

「今も、思ってます」

「たしかに。楓ならどこか遠くまで飛び回ってそうだよね」

からっとした笑いが響いた。彼女は差していた日傘を折り畳み、片手に持っていた花束を墓前に供えた。それは仏花とはほど遠く、ブーケと言っても過言ではない。場にそぐわない花だったが、楓ならこっちの方が喜ぶだろうと思った。

「よく来てるんですか？」

「休暇のときは。今、海外留学してて長いお休みのときしか帰ってこられないんだ」

「へぇ」

どうりで格好がスタイリッシュだと思った。日本ではあまり見かけない、シュッとして格好いい印象の服装で仕事のできる女性という感じがする。

「いないってわかってるんだけどさ、どうしても来ちゃうんだよね」

縋るところがここしかないのかも、という彼女になにも言えず墓石を見つめた。彼女は手を合わせ祈りはじめる。数十秒で終わった祈りは楓へなにを伝えたのだろう。

「あ、それ」

手もとにあったノートを指差した。僕はリストを差し出す。知っているのだろうか。彼女は懐かしいと笑った。眉尻を下げ、少し、泣きそうな顔で。

「やってくれてるんだ」

「……おばさんから、もらったので」

「ちゃんと届いたみたいでよかった。楓が亡くなってどうなったのかわからなかったから」

「ちゃんと届いた？」

引っ掛かりを憶え首を傾げる。まるで最初から、僕のもとに届くと考えていたみたいじゃないか。

彼女は表紙を見て怪訝そうな顔をする。

「あれ？」

「どうした――」

「これタイトルちがうね。おかしいな」

彼女の言葉に僕は驚いて口を開けてしまう。どういう意味だ、問いかける前に彼女はなにかに気づいた。

「ちょっとごめんね」

ノートを受け取った彼女は、表紙の白いビニールテープに爪を引っかけた。長い爪がテープの先を掠め取る。

「なにして――」

「ごめん、でもちょっと待って」

テープの端をつまみ、それを一気に剝がす。テープの下に黒い文字が見える。

そこに書いてあった文字に、言葉を失った。

「……は？」

思えばおかしかったのだ。ノートになぜ、白いビニールテープを貼っていたのか。しかも体育館の床に貼ってあるような、下が透けないテープだ。舞台上では場ミリとも言われるビニールテープ。

でも僕は彼女ならやると思った。かわいらしいマスキングテープを選びそうな年代ではあるが、大雑把な彼女なら家にあったテープを適当に貼るだろう、と。大方書きまちがえて隠すために貼ったのだろう。修正液で消すのは面倒だったからテープを貼った。そんなところだと、勝手に思っていた。

それなのに、僕の目に入ってきた一文はそのすべてを覆した。

『私が死んでから夕吾が幸せになるための三百六十五個のリスト』

蟬の泣き声が耳をつんざき、額からは汗が滑り落ちる。突然告げられた真実に、脳が追いつかず頭が真っ白になった。

なんだこれは。どういう意味だ。意味がわからず眩暈がする。なにも知らなかった僕を哀れに思ったのか、彼女は申し訳なさそうな顔で話を続けた。

「楓は、自分が死ぬことを早くから知ってた」

真っ白な頭に一滴の言葉が墨汁のような色彩をまとい落ちて色を濁らせた。

「死ぬみたいって言われたの。嘘だって返したら確定事項だって笑われた」

そして、治療しても多少長引かせることしかできないみたい、とも言われたそうだ。

彼女は目を伏せた。

「死ぬってわかってるのにさ、あの子なんて言ったと思う？　私が死んだら夕吾がひとりになっちゃうって言ったの」

彼女の話は僕の心をさらにかき乱した。

「夕吾がひとりになっちゃう。楽しいことも知らないまま大人になっちゃう可能性が高いって、君のことばかり心配してた。自分が死んだ後、忘れるくらい楽しい思い出で埋め尽くされて幸せになってほしいって」

ゆっくりと目を開けた彼女はノートを指差す。

「楓が体験して楽しかったこと、やりたかったけどできなかったことを、ここに書いて君にやらせたいって言ったの。全部終わったとき、きっと大切な人に囲まれて幸せな人生を歩めてるはずだから、って笑ってた」

　容易に想像がついた楓の笑顔が、今は苦しくて仕方ない。

「だからそれは、私やほかの子たちが楓と過ごしてきた時間で楽しかったことを詰め込んだものなの。それと、楓が貴方にやらせたかったことでできてる」

「なんだ、それ」

「一年は三百六十五日でしょ？　だから三百六十五個やればきっと、自分のことも忘れられるんじゃないかって。でも、そのままだとやってくれないと思ったから別のタイトルにしたんだね」

　楓らしいや、と微笑む彼女に、真っ白なままの頭を抱えた。

　最初から、僕のために作られたのか。

　こう書いてあれば、なにも知らないおばさんが僕に託すだろうと見越したうえであのタイトルにしたのだ。だからわけのわからないことばかり書かれていたのか。

　片鱗はあった。クレーンゲームで景品を取ったことくらいあるはずだ。ポテトチップスを寝転がって食べることなど楓にとっては日常茶飯事、放課後ハンバーガーを食べにいった経験は何度だってあるだろう。旅行もクリスマスパーティーも楓なら経験していて当然だ。なのに、間に挟まれた項目のせいで気づかなかった。

　スリーポイントシュートはできない。除夜の鐘だって鳴らしたことはないはずだ。

鳴らす気もなかったくせに、僕にならやらせてもいいと思ったのだ。

全部、最後のお節介だった。

「最後までやってあげて。お節介だけどさ、楓、貴方のことなによりも大切に思ってたから」

ノートを手渡し、彼女は日傘をさして去っていく。呆然とその場に立ち尽くし、動けない僕の影が伸びていった。

どれほど時間が経っただろう。ふと、空を見上げた。知らない色彩が目に入り、眩しくて逸らしてしまう。その色の名前を、僕はまだ知らない。でもどうしてか心臓が締めつけられた。

そして、足を動かした。来た道を戻り、全速力でバス停まで向かう。時刻表を見てすぐにバスが来ないことに気づき、ノートを握り締めたまま自宅方面まで走った。一度も止まらず無我夢中で駆けた。夜が訪れる前に僕は知らなければならない。

この色の名前を。


視界の先、久しく見かけなかったうしろ姿が目に入る。

「おばさん!!」

前を歩いていた女性が振り返る。楓の母親だった。汗だくで息の上がった僕を見て酷く驚いた様子で駆け寄ってくる。けれど彼女がなにかを言う前に僕は口を開いた。

「紙!!」

「紙?」

「これの最後のページ!　見てない!?」

リストの最後のページを開いて見せつける。おばさんは困惑した表情を浮かべたが口を開いた。

「とりあえず、うちに来る?」

そのまま楓の家におじゃました。この場所には久しく来ていなかったが、玄関先に飾られた写真は変わらないままだ。ただ、脱ぎ捨てられた楓の靴がなくなっただけ。

冷房の効いた室内に入ったとたん、汗で濡れたシャツを酷く冷たく感じた。楓の家なのに、なにも変わっていないのに、彼女がいないだけでなにかがちがう気がする。

「よかったわ、ちょっと手伝ってもらいたくて」

「なにを?」

「楓の部屋を片付けてるのよ」

階段を上がるおばさんの言葉に、後を追う足が止まりかけた。

「なんで……」

「もうすぐで一周忌でしょう?　なにも手をつけないままはよくないと思って。ちょうど従妹の女の子が勉強机を必要としてて、楓の机が誰かのところで使われたらいいなと思ったから」

「全部、あげるの？」

「いずれはね。きっとあのままにしてても、あの子は喜ばないから」

楓のいた形跡が消えていく。まだ一年も経っていないのに、彼女のいた場所が変わっていく。

「整理してたの。処分できるものはまとめたんだけど……」

楓の部屋の扉が開かれる。そこは記憶と大きく変わってしまっていた。ベッドのマットレスは立てかけられ、勉強机に置かれていた参考書は捨てられていた。壁に貼られていたポスターは剝がされ、クローゼットの中も整理されている。部屋の中心に何個か、ゴミ袋がまとめられていた。

顔が強張ったのを感じた。

「いつまでもそのままにしてたら、楓が怒りそうじゃない？」

「そう……だと思う」

彼女のことだ。いつまでも過去なんて振り返るなと叱咤するだろう。だって、こんなリストを残すくらいなんだから。でも、だからって飲み込めるか。

そんな簡単に、目の前の光景を飲み込んでたまるか。

「ごめん、ちょっとだけひとりにしてほしい」

「……わかったわ。好きなだけいてね」

肩を叩いておばさんが姿を消し、部屋の中心で立ち尽くす。一年、いやもっとだろうか。彼女が入院してからこの部屋にはほとんど来ていない。だから変わっていて当然なのだ。それなのになぜ、こんな気持ちになるのだろう。

ゴミ袋を開けて中を漁る。小さな消しゴムにインクの切れたペン、お菓子の包装紙など、いつから放置していたと聞きたいくらいゴミばかりだった。楓がまめに掃除しない人間なのは知っていたが、子供の頃に作ったビーズのアクセサリーが出てきたときには、さすがに捨てろと文句を言いたくなった。

ゴミ袋の中はガラクタばかりでここにはないと悟る。ベッドの引き出しだろうか。そう思い開けたら少女漫画が大量に出てきた。つい先日、完結した作品が途中まで揃えられている。そうだ、結局最終回まで読めなかったんだ。ネットで結末を知ったとき、楓が好きだった方のキャラクターは主人公に振られていた。

ならばクローゼットか。彼女が好んで着ていた丈の短いトップスが何着も出てきた。これが流行りだと、へそを出し腰に手を当ててどや顔をしていた彼女に、寒そうとしか返さなかった記憶がよみがえる。勿論、いくら探しても布地しか出てこなかった。

ならば、と片付けられた勉強机の引き出しを片っ端から開けようとした。しかし一番上の引き出しには鍵がかけられている。僕はため息をつきながら端に置かれたごみ箱をひっくり返す。案の定、鍵がセロハンテープで底に貼りつけられていた。

昔からなにかを隠すとき、楓は必ずこの引き出しにものを隠す。成績が悪かったテストや壊してしまったなにか、うしろめたさがあるものをここに入れ、見つからないように鍵をごみ箱の底に貼りつけるのだ。

意外にもこれがばれず、鍵の場所を知っているのはおそらく楓と僕だけだった。

鍵を取り、引き出しを開ける。中から赤点のテストが出てきた。

「捨てろよ」

死んでからこんなものが見つかるなんてたまったものじゃない。仕方なくテストを折り畳んでポケットに突っ込んだ。これは彼女の名誉のために責任を持って僕が捨てておこう。何枚か片付けていると、指の先になにかが当たった。引き出しの奥底に引っかかってるそれを指でつまむ。ガサリと、破れた紙が取れた。

『タイムカプセルが――』

あのノートに書かれた最後のリスト、破れた紙の一部だった。文字は途切れていて読めない。ただなにかが引っ掛かった。

子供の頃、どこかの空き地にふたりでタイムカプセルを埋めた。記憶はもう曖昧で、場所も、本当にそこにあるのかすら定かではない。

けれどなぜ今さらタイムカプセルなのだろうか。リストの中には一度も、タイムカプセルについての話は出てこなかった。

「なにか見つかった？」

開いた扉から楓の母親が顔を出した。

「お茶、持ってきたんだけど」

学習机に麦茶の入ったコップを置いた彼女は、なにも言わず部屋から出ようとした。

「待って」

「どうかしたの？」

「楓がタイムカプセルについてなんか話してたことある？」

彼女は首を傾げる。しかし少しの間を置いて、そういえばと口を開いた。

「あの子の友達が、亡くなる数日前に病室に来てくれたの」

「……俺がテスト期間で面会に来るなって言われてた時か」

楓が亡くなる前の二週間は定期テストの期間と被っていた。僕の成績を心配した彼女は、しばらく面会禁止と勝手に決めた。一度言い出したら聞かないので、僕はしぶしぶその提案を受け入れた。一時退院もできそうだと話していたので、どうせ帰ってくるならいいかと思っていたのだ。

じゃあ、なんてうしろ手で手を振り、顔も見ず病室から出たのが僕と楓の最後だった。

「呼び出したみたいで。……たぶんお別れを言うつもりだったのね」

「別れ……」

「夕吾くんには隠してたみたいだけど、ほかの人には言ってたの」

言ってたってなにをだ。自分はもう死ぬからって、笑いながら口にしてたのか。

なんで、僕には――。

噛み締めた唇に気づいたのか、彼女は眉尻を下げてごめんねと口を開く。

「あの子のことだから、夕吾くんに言ったら本当になっちゃうって思ってたのかも」

「どういうこと」

「……もう、長くないことはわかってたの。冗談みたいに笑ってたけど、本当は誰よりもそれを受け入れられなかったと思う」

受け入れたように見せるのがうまい。楓はずっとそうだった。自由気まま、言いたいことはなんでも言うくせに、自分が飲み込みたくないことは納得した素振りをして笑い、本心を隠す。

わかっていた、はずだった。

「お友達と話してたとき、タイムカプセルって聞こえたわ。なにかを渡してた」

「なにか？」

「ちゃんと見てなかったからわからないけど、これをよろしくとも言ってた」

「……その後は？」

「空き地の場所を聞いてきたわ。ほら、バス停裏の——」

きっとあそこだ。考えるより先に身体が動いた。最後まで聞かず紙切れ一枚を握り締め、リストを丸めてズボンのポケットに挿し、挨拶もせず楓の家から出たのは、その場所に確証があったから。記憶の奥底、小さな僕らが笑い合っていた瞬間が引き出されたから。

夏に全力疾走なんてするものじゃない。途中、矢沢からかかってきた電話に息が切れたまま出る。

「約束の時間過ぎてるんだけど、今どこに——」

「バス停裏の林にある空き地！」

「はぁ!?」

「スコップ持ってる!?」

「持ってるわけないでしょ」

「じゃあいい！　遅れる！」

「ちょっと待っ——」

電話を切り、駆ける。近所のバス停裏、三角コーンとポールで簡易的に立ち入り禁止線を作ってあるそこを飛び越えた。足裏に衝撃が走っても、林に向かって突き進む。

伸びる木を一本一本触って確かめる。あの日、僕の記憶が正しければ楓が石で印をつけた。小さなバツ印だったけれど、当時の僕らはそれで満足した。

「どこだよ」

あの頃の身長を考えればもっと低い視点にあるにちがいない。腰をかがめて何本も樹木を触り続ける。それでも、記憶は繋がらない。

「頼むから、出てきてくれ」

どのくらいの時間が過ぎただろう。実際にはそこまで経っていないのかもしれない。けれど身体は限界に近かった。炎天下の中、全力疾走をし続けたのだ。膝が崩れかけた、そのときだった。

一ヵ所、土が盛り上がっていた。ほんの少しだけ、山になっているそこになぜか枝が一本突き刺さっている。瞬間、膝をついた。枝の背後にある木には僅かにだが、バツ印に近いものが見える。枝を投げ捨て、山に手をつけた。

手が泥まみれになるのも気にせず、そこを掘り続けた。爪が黒茶になっても、土の匂いが充満しても止められなかった。汗が落ち、土を濡らしていく。木々の隙間から覗く太陽がひと筋の希望にも思えた。

三十センチほど掘っただろうか。爪の先に、なにかが当たった。がむしゃらになっとして掘る速度を上げる。カン、カン。響く音が埋もれてしまった思い出を引き上げようとしていた。

　ようやく視界に入ったそれはお菓子の缶だった。見た瞬間、記憶が鮮明によみがえる。チューリップが描かれた、楓の好きなビスケット。直方体で大きさは二十センチほど。震える両手で缶を持ち上げた。

　着ていたシャツで土を拭う。木に背を預け、缶を開けようとした。けれど止まらぬ手の震えが、それをさせてはくれなかった。

　疲れからじゃない。僕は、ここまで来て恐れている。

　中になにが入っているのか、楓の気持ちを知ることが、怖くて仕方ない。

　だって、彼女はもう――。

　風が吹き、思わず顔を上げる。視界の先、楓が立っていた。

「楓……？」

　灰色の楓だった。こちらに気づき口をパクパクさせている。着ている服は制服、それだけで僕の作り出した幻想だということに気づく。それでも彼女に手を伸ばした。

　缶を抱えたまま、バス停に向かう彼女の後を追う。時折振り向いてはなにかを言い、笑う姿が、どうしようもなく。

　懐かしくてたまらなかった。

ついこの前まで当たり前だったのに。そこにいたのに。薄れていった記憶は消えるのではない、埋もれていただけだということに気づく。

忘れるとは消えるのではなく、埋もれて見えなくなることだ。

楽しい記憶が増えれば増えるほど過去が埋もれていく。指の隙間から零れ落ち、消えてなくなってしまったと勘ちがいしていただけで、本当はずっと、そこにあったのだ。ふとした瞬間、引き出しの奥底、埋もれた記憶が顔を出す瞬間があるのなら。

それはきっと、どうしようもなく眩しくて、苦しい。

馬鹿。口はたしかにそう動いた。

馬鹿はどっちだ、勝手に消えやがって。勝手に、なにも言わずひとりで覚悟して終わるなんて誰が望んだ。

ちがう。馬鹿はどっちだ、興味のないふりを続けたくせに。

本当は一日も、忘れることなんてできなかったのに。

楓はポールを飛び越えて止まる。そしてこちらに微笑む。

まるで、境界線のようだった。

「待って、行くなよ」

けれど楓は楽しげにくるくる回りながら道路へ消えようとする。

「楓！」

踏み出した足にポールが当たり、バランスを崩し顔から転んだ。缶が手から離れ大きな音を立てて転がる。起き上がった先で、楓は驚いた顔をしながら缶を指差した。蓋が開き中身が散らばっている。

再び彼女を見たとき、楓は強烈な眩しさを感じたあの日のように微笑んだ。

「私と夕吾と――」

今度は目を逸らさなかった。楓はなにかを言いかけたが、言い切る前に跡形もなく消えていく。

残された僕はその場で動けずにいた。けれど立ち上がり、一歩ずつ、開いた缶へ近づく。身体の至るところが痛かった。転んだ拍子に血が出たのだろう。両手はジンジンするし、肘は熱く頰が痛い。それでも、僕は缶を覗き込んだ。

散らばった折り紙のメダル、色の変わったどんぐり、変わった形の石、アイスの当たり棒。子供の頃の宝物が、地面に転がり輝いている。

缶の中、封筒が一通だけ入っている。真っ白なそれは比較的新しく、楓が友人に頼んで入れたものだと気づくのに時間はかからなかった。その場に座り込んで封筒を手に取る。人差し指で、封筒を開けた。

一枚の紙が指を掠めた。先が破れた紙は先ほど見つけた紙の残りだと気づく。封筒にはもう一枚なにかが入っていて、先にその紙を開く。紙の中心に一文が見えた。

三百六十五、幸せに生きること。

でも一番下、二重線で消された一文を僕は見つけ出してしまった。小さな文字、消したはずなのに消えなかった想い。読めてしまった一文。

楓が、本当に願っていたこと。


三百六十五、大野夕吾は和泉楓を忘れず、ずっと好きなままで生きる。


震える唇を嚙み締め、封筒の中に入っていたもう一枚を取り出す。

それは写真だった。真っ黒な学ランと着崩したブレザーで並ぶ僕ら。そのすべてが色づいている。季節は秋、この目に映る紅葉は――。

楓が、一番好きな色彩だった。


「一番好きな色はなんでしょうー?」

「またそれか」

幼い頃から繰り返し問われている楓の好きな色。何十回も話題になっているせいで、聞かれなくても答えられるようになってしまった。帰り道、一歩先を歩く彼女が振り返る。時刻は午後五時過ぎ、陽が傾く時間だった。

　彼女の背後には楓の木々が続いている。葉が散り金木犀の匂いが鼻を掠めた。綺麗なんて言いながら楓は僕の返事を待つ。

「赤だろ」

「正解ー！」

「何回目だよ……」

「なんで好きかって言ったっけ？」

「それも聞いた」

　いつも続く言葉を今日は僕が先に口にする。

「楓の色と俺の色だから」

「そう！　楓の葉の色と夕暮れの色！　私たちの色だから！」

「楽しそうでなにより」

　色彩が感じ取れない僕は、彼女の目に映る赤がどんな色なのかわからない。でも並ぶ木々は、彼女の名前と同じ樹木で、彼女が好きな色彩で染め上がっているらしい。

見て見て、と楽しげに指を差し、おもむろに薄っぺらい端末を取り出した。

「なにすんの」

「写真撮ろうよ」

「なんでだよ」

「いいじゃん、自撮りだよ」

ほら笑って、と僕の左隣、ぴったりくっついてきた楓は背後の木々と空を上手に入れて写真を撮った。画面の中の僕は呆れた表情だが楓は満面の笑みを浮かべている。

相変わらずの様子に僕は小さなため息をつくも、見る度に喜んで楽しげに笑ってくれる人間がいるのなら、楓の木も嬉しいだろうと思った。

「でももうひとつあるんだよ」

「なに？」

楓は夕暮れを指差した。

「熱っぽくて触れるだけで火傷をしてしまいそうなのに、それでも触れたくて心が苦しくなる色」

「なんだそれ」

「眩しくて目を逸らしたくなるくらい、心臓にグッとくる色――」

そして嬉しそうに手を広げてこう言ったのだ。

「恋の色」

「馬鹿だよ、お前」

写真の中、楓の好きな色が世界を支配している。熱っぽくて触れるだけで火傷をしてしまいそうなのに、それでも触れたくて心が苦しくなる色。

「べつに、俺は死にたいとも思ってないけど、生きたいとも思ったことがない」

――君と、僕の色彩。

「特別な理由があるわけじゃない。視界だって人とちがってもそれはそれとして片付けてきた。でもこの先ずっと、変わらない人生を歩むなら、生きてることになんの意味があるんだって思う瞬間があった」

無彩色で彩られた、どうしようもない人生だった。

「でも、それでも。すぐ近くにのうのうと笑いながら、ちがいなんてなにひとつないみたいな顔で見えない色をずっと教えてくれた人間がいたから、こんな人生でも悪くないって思えたんだ」

それでも君がいたから、僕はそんな日々を愛せたのだ。

地面が色を変えた。顔を上げると太陽が沈んでいく様が見える。目が痛くなるほどの色彩が空を支配している。夕暮れだ。写真の中の色彩と同じ、太陽の沈む色。

「ちがうだろ」

下を向いた。ポケットからなにかが落ちた。画面に亀裂が入った端末を拾い上げ、あの日から一度も見返すことのなかったアルバムを開く。そこには写真とはちがう、やせ細った楓が隅々まで鮮やかに色づき微笑んでいた。

「お前が先に死ぬのはちがうだろ」

レンズに水滴が落ちた。ひとつ、またひとつと落ちていく。視界が歪み眼鏡を外した。指を動かすと、別の写真が映る。いつ撮ったのだろうか。きっと勝手に撮ったのだろう、まだ元気なときの楓が、頬を夕焼け色に染め口を開き笑っていた。

「……ずっと、言ってろよ。空の色がどうとか楓の色は心が動かされるとか、ずっとわからないこと言っててくれよ。それに呆れて笑うのが、当たり前だっただろ」

記憶の中、灰色だった君が色づいていく。つま先からてっぺんまで、まるで一枚の絵のように。写真の中の楓は綺麗で、かわいくて、目を逸らしてしまいそうなほど眩しく、どうしようもないほど美しくて。

──愛おしかった。

「わかりたくなかった」

知りたくなかった。あの日感じた強烈な眩しさも、目を逸らしたところで心臓は早鐘を打つのに、もう一度見たいと願ってしまった感情が。

──恋だなんて、今さら教えないでくれ。

「色が見える度に言われた言葉を思い出して苦しくなるなら、見えなくてよかった」

忘れないでと願われた。けれど口には出してくれなかった。

「見えるなら、隣に楓がいないと意味ないだろ」

だってずっと想っていた。なにをしてもどこに行っても、君の記憶で埋め尽くされていた。息をするのと同じくらい、君を想った。

君がいない日常が当たり前になっても喪失を感じずにいたのは、ずっと脳裏に楓が生きていたからだ。

「先に逝ったのに、こんなもの置いていくなよ」

なにが〝私が死んでから夕吾が幸せになるための三百六十五個のリスト〟だ。なにが一年だ。たかが一年ごときで、僕が君を忘れて幸せになれるとでも本気で思ったのか。

たしかに僕は言った。一年あれば薄れるものだってあると思うと。でも、それはくだらない日常に対してだ。君がいた日々が消えるわけがない。

あれだけ一緒にいたのになにもわかっていない。僕はそんな簡単に切り替えられるような人間じゃない。それを、君がいなくなって初めて知った。

「ずっとって言っただろ、約束守れよ馬鹿」

ずっと一緒にいると君が言ったのに、約束を守らずこんなものを残していくのか。

「朝起きたら連絡が来てて、外に出たら待ち伏せされて、ケラケラ笑ってるお前が戻ってくるなら俺は――」

夕暮れが目に染みた。息が苦しくて鼻水も止まらない。頭が痛くなるほど涙は流れ続ける。

そうだ、僕はずっと。

「ほかにはなにもいらなかった」

君さえいればそれでよかったのだ。

もう二度と、楓に会えないことを理解した脳は悲鳴を上げた。とめどない感情が溢れ、悲しみという言葉では形容できないほどの衝撃が身体を襲う。息を吸うことさえままならず、嗚咽だけが辺りに響く。

なに泣いてるの、情けないなぁ。なんて声も聞こえない。

もう二度と、あの手は差し伸べられない。もう二度と、あの声は聞こえない。もう二度と、あの体温には触れられない。

色づいた君が、僕の前に現れて笑ってくれることはない。

馬鹿は僕だ。どうしようもないほど愚かで、大切なものになにひとつ気づけなかった。あんなにそばにいたのにそれが当たり前になって見誤った。本当はもっと、大事にできたはずなのに。優しい言葉のひとつくらい、かけられたはずなのに。

病室で不安に駆られていた君に、大丈夫のひと言くらい言えたはずだ。メッセージだってもっと頻繁に返せたはずだし、僕が手を引っ張ることだってできたのに。

それをしなかった僕が、今さら情けなくて仕方ない。

死ぬわけがないと思っていた。だって当たり前にそばにいてくれたから。いつもみたいに笑って戻ってくるものだと思っていた。大変だったたって能天気な顔をして。君のいない日常なんてあり得ないと思っていた。実際、いない日常が訪れても僕が平然としていたのは、楓の記憶に守られてきたからだ。

このリストに、君を感じてきたからだ。

「……ファーストフード店のロゴは目につく。カラオケのライトはうざったい。信号の青は青色じゃない。空の色は変わる。夕暮れは眩しい」

君が見ていた世界の色彩を指折り数えていく。

「お前の好きなアイスの新作はまずかった。色の説明は聞いてたものと全然ちがう。説明下手くそ」

本当に下手くそだ。赤以外の説明で、ピンとくるものはなかった。

恋の色。いつから好きだった？　いつから想ってくれていた？　僕はずっと気づかなかった。でも、今ならわかる。

「俺、子供の頃からずっと、楓のことが好きだったんだ」

口にすれば合点がいった。心臓は正常な速さに戻っていく。

本当はずっと好きだった。この先も変わらず一緒にいると思っていたから、当たり前になりすぎて気づかなかっただけ。君のいない人生なんて考えられなかった。楓が誰と付き合おうとも、必ず自分のもとに戻ってくるから。きっとこうやって歳を重ねていくのだろうと思った。

だから、言葉にしなかった。

己の愚かさに嫌気が差した。やむことを知らない悲しみに打ちひしがれてうずくまる。靴の先を、夕暮れが染め上げた。馬鹿みたいに泣き続け少しずつ暗くなっていく世界で、足音が近づいてくる。それは目の前で止まり、僕の名を呼んだ。

君じゃない声で。

「大野?」

見上げた先、歪む視界の中で声の主を捉えた。彼女は足もとに転がったノートに気づき顔を歪ませる。そして震えた声でこう言った。

「ほらね、大好きだったんだよ」

その言葉がすべてだった。矢沢は立ち尽くし涙を流す。

「格好いいね」

「なんで……」

「だってそんなにぐちゃぐちゃになるほど、彼女のこと今でも想ってるの」

素敵だよ、どうしようもないくらい、と涙声で言葉が紡がれる。

「誰かを想って泣ける人だったんだよ、大野は」

震える唇で笑みを作りながらも涙を零す矢沢に、なにも返せない僕はうずくまる。太陽はとっくに落ちて夜の帳に包まれる中、僕は声が嗄れるまで泣き続けた。

次の日、僕はリストに朝日を見ることとあったと嘘をつき朝早くに三人を呼び出した。

集合場所の公園に、三人はすでに集まっていた。真っ赤に腫れた矢沢の目を心配している新と三上が足音に気づきこちらを振り向く。そして同じくらい目が腫れた僕に驚き、慌てふためいた。

僕は矢沢と目を合わせる。彼女がうなずき、ひとつ息を吸った。

「ずっと言えなかったことがある」

ふたりの動きが止まった。僕の背に、朝焼けが差したのがわかった。三人の顔を照らした色彩はどうしようもないほど美しくて。

「俺は――」

君に見せたくなった。

僕らの色

最近、体調を崩し気味だったから病院に行った。そしたらまさかの入院。突然でなにを言われてるかわからなかった。でも周りの反応で自分の身体があまりよくないことを悟った。つい昨日まで元気にやってたはずなんだけどなぁ。

夕吾が病室にやってきた。元気そうじゃんなんて言いながら入ってきて、検査のために食事制限をしてる私の前でプリンを食べた。許せない。いつ退院するの？　って聞くから、私もわかんないと返した。

病名を文字に残したら、現実を認めなくちゃいけない気がして嫌だから書かない。今日も夕吾が来て気になっていた漫画をくれた。入院してからほぼ毎日来てるね。私が呼んでない日も来てる。暇だからと言うけれど、私としてはもう少しくらい友達と出かけたり遊んだりしてほしいよ。

痩せた。先月よりも明らかに痩せた。あれだけうまくいかなかったダイエットも病にかかれば一瞬らしい。嫌だなぁ、どうせなら綺麗に痩せたかった。これじゃあまた心配かける。暇になったけどベッドの上から動けない。お母さんが持ってきた子供の頃の日記を見た。

夕吾と初めて会ったときのことが書いてある。あのとき、泣いている夕吾の眼鏡のレンズについた涙が夕陽を反射していて、綺麗だなって思ったの。名前を聞いて納得した。ああ、貴方の色だから綺麗なんだって。

その日から連れ回し続けた男の子は、人とうまく関われなくて周囲と距離を置き、成長するにつれ他人に対して冷たくなり、泣くことすらなくなった。

でも私の前では変わらない。呆れた表情を何百回見ても、その色が褪せることはない。

私の見てる世界が、貴方の色がどれだけ美しいのか、どうやったら伝わるかな。そればかりを考え続けた人生だった。伝わるわけがないのに貴方が突き放さないから、ずっと説明を続けてた。

遠回りをたくさんした。恋に恋して相手の綺麗なところだけを好きになって現実を知った。経験を重ねてふと、気づいた。誰かを好きだと思っても一緒にいたいと思えないのは、一緒にいたい人間がもうずっと前からそばにいたから。気づいたとき、関係が壊れるのが怖くなった。私が好きだと言ったなら、貴方はどんな顔をするだろう。この手を離すかな？　もう二度と、同じ距離には戻れないかも。幼馴染って難関だ。

なんて、過去の自分が書いた言葉を見ながら今、文字を綴っている。私、よくやった。あのとき言わなくて正解だったよ。だってもし言ってしまえば、夕吾は病室に来なかったかもしれない。もし結ばれてても、私たちに未来はない。

自分が死ぬと知ったとき、一番に浮かんだのは言わなくてよかったってこと。次に、自分がいなくなった後の夕吾を心配した。私が一緒にいすぎたのも問題だったけど、夕吾には友達とかほとんどいないの知ってるから。私がいなくなっても、それなりに生きるだろうね。だってそういう人間だから。

でも、きっと。年相応の遊びはしないだろうな。私が経験したことの一割も、夕吾は経験しようとしないのを知ってる。だから、私はそれをさせたい。自分が経験して楽しかったこと、できなかったこと、見てほしい景色、知ってほしい話、そして世界を愛してほしい。

私がいなくなった後の世界で、貴方が幸せになるならそれ以外なにも望まない。

だから、最後のお節介。一年あれば薄れる記憶ばっかだろって自分が言ったんだよ。私を過去にしてもらおうと思うんだ。指の隙間から零れ落ちて、思い出すことさえできず消えるくらい、楽しい記憶であふれ返るように。色彩なんて見えなくても、私がいなくても、貴方は幸せに生きていけるんだって。迷惑だって言われそうだけど。

ああ、でも。本当は。

忘れないでほしいな。私が生きてたことを、貴方の隣にいたことを。ずっと好きだったってこと、もう言えはしないけれど。

本当は。本当はね？

この先もずっとそばにいるものだと思ってた。いてくれるものだと思ってた。一緒にいるって約束したのに先に死ぬこと、許してね。

貴方が本当は誰よりも愛情深いのを、私は知ってる。私がいなくなった後も泣かないだろうけれど、どこかのタイミングで爆発するんだろうな。私が見てきた貴方は、そういう人間だから。

だから、忘れないでなんて言葉は捨てるね。

好きも、未来も、全部隠して貴方が幸せになることだけを願うから。

でも。もし忘れないでいてくれるなら、酷いかもしれないけど一個だけ言わせて。

これが、貴方を縛る呪いになりませんように。これを、貴方が見ることなく生涯を終えますように。

私の、諦められなかったちっぽけな想い。


世界で一番美しい色は、夕吾。貴方の色だよ。


よく晴れた秋晴れの日だった。前日の雨で金木犀は散り地面を橙に染め上げている。赤いボールペンを胸に挿してリストを片手に目的地へ向かう。

３６５日／３６５日。楓の死から丸一年が経った。世界から彼女はどこまで消えただろうか。僕の脳内からも少しずつ消えていく。一歩、進む度に灰色の思い出はどこかへ零れ落ちていく。それが生きることなのだと、僕はもう知っている。

楓の本心を知った次の日、友人たちに病のことを話した。新は言葉を失い、三上は泣き出した。矢沢は下を向き、唇を噛み締めた。これが、隠していたことだと伝えた僕は、たしかにみんなを傷つけた。三人の傷ついた顔を見たら心臓に棘が刺さったように苦しくなった。誰かが悲しむ姿を見ることが、僕にとってなによりの悲しみになった。

どうしようもない現実を、三人は受け入れた。

そして残りの時間を惜しむかの如くともに過ごした。一分一秒でさえ、彼らは僕を優先した。僕にとっては三人が未来へ向かってくれることの方が大事だったのだが、新日く、今目の前にいるのに大事にしない理由がない、だそうだ。

この一年が三人と僕の友情を深めた。それも全部、楓によって仕組まれたこと。すべて見越してリストを残した君の僕への理解力の高さに驚きつつも、あり得る話だと思うあたり、僕も楓のことをちゃんと理解していたのだと知る。

隠された本音を冷静になって見返したとき、納得できたのもそのせいだ。楓なら言いそうだと思ってしまった。だって忘れてほしいと思うような人間じゃない。できるなら、他人の記憶にさえ残り続けたいと言うタイプだろう。

だから、これが君の愛で生み出されたものだということを理解しながらも、最後の最期に小さな反抗をしようと思った。

楓が僕の幸せを願い、未来を信じて作り出したリストが、はからずも最後の一年の思い出作りとなるなんて、さすがの楓も想像していなかっただろう。

辿り着いたのは写真と同じ場所だった。色づいた紅葉が道を彩っている。圧巻の景色に目を瞬かせた僕はベンチに座る。

上を見ると楓の葉が色づき、真っ青な空を埋め尽くしていた。指先から金木犀の匂いがする。風は少しだけ冷たい。ベンチは少し湿っていて木目が濃い茶色に変わっていた。隙間に挟まった葉は、赤に染まる前に落ちてしまった黄色。虫食いの線が入った緑に、枯れたセピアの葉の欠片。

世界は色であふれていた。

先日、楓の日記を渡された。僕の病を知った楓の母が渡してくれたものだった。僕らが出会った日から楓の最期の瞬間まで書き記されたそれを、僕はひとりで読んだ。誰に共有するわけでもなく、君の言葉を、一言一句忘れないよう目に焼きつけた。

時折手が止まって次のページをめくれなくなり、真っ白なノートにいくつ涙の染みを作ったかわからない。

でも、読み終わってわかったことがある。

僕らは結局、気づくのが遅かっただけで同じ気持ちを抱いていた。当たり前が崩れ去るのを恐れ、選択しきれなかった可能性の連続の結果だ。

このままふたりで生きていたら、なにかが変わっただろうか。いや、変わらないだろうな。結局、大切なものは手遅れになってから気づくのだ。

君が手の届かないところへ行って、時間が経ち、ようやく僕は自分の気持ちを知った。喪失は人に大切なものを教える。当たり前の日常は、どこにもないのだと。

ふいに電話がかかってくる。別れの挨拶はすべて終わらせたけれど、画面に表示されているのは矢沢だった。

家族も友人たちも、僕の最後の願いを叶えるためにここへ送り出してくれたけど、僕が終わるならここで、ひとりがいいと言ったときの悲しみに満ちた表情は忘れられない。

でも、これだけは譲れなかった。自分の意志で終わりを決められるのなら、僕はここがいい。

君の、楓の色がある、この場所がいい。

「もしもし」

電話に出る。向こう側で鼻を啜る音が聞こえた。

「元気?」

「元気だよ、なに突然」

「うん、ごめん」

なんだか笑えてしまった。向こうは別れを惜しんでいるのに、僕は思っている以上に前向きに受け入れているのだから。

「ありがとう」

「え？」

「俺、矢沢がいなかったらたぶんあの日、立てなかったから」

あの日。楓の本当の願いを見つけた日。夜になっても立てずに泣いていた僕に彼女は寄り添ってくれた。

「なーんで今言うかな」

「言っとかなきゃと思って」

「大野さ、結構思わせぶりだよね」

「はぁ？」

「まぁそこがいいところでもあるんだろうなぁ」

矢沢が息を吸い込む音が聞こえた。

「ちゃんと伝えておいで」

「矢沢……」

「ずっと後で、伝えられたか聞きにいくから」

「……本当にずっと後に来いよ」

「当ったり前」

ふふ、と笑った矢沢に気が軽くなった。じゃあね、といつもどおりの別れを口にした彼女に、心の中で大きな感謝を抱きながらもなんともないふりをして、じゃあと口にし電話を切る。

切り替わった画面を薄桃色が彩った。春に矢沢が撮っていた桜の写真だ。雪のように思えた花びらは単体だと白に見えるのに、何枚も集まると薄桃色に見えた。スライドすると近所の風景が顔を出す。なんてことのない日常を切り取った写真は、彩りを得たことで知っているのに知らない風景へと様変わりした。

思わず頬が緩み、短く息を吐いて端末の電源を落とす。いい友達に恵まれたね、なんて楓の声が聞こえた気がしてふっと笑みが零れる。

暖かな陽気に微睡を憶えた。思いを口にしながら、赤ペンを手にノートの空いている隙間へ文字を書き綴る。

「ちゃんと生きた」

君の言うとおり、人生を楽しんだよ。

「生きた上で気づいた」

君のいない人生がどれだけ虚しかったのかを。

「ずっと、楓が好きだった」

君がいた人生が、どれほどの幸福でできていたのかを。

「だから、後で返事聞かせてよ」

三百六十五、大野夕吾は和泉楓を忘れず、好きなままだったことを伝えにいく

書き終わった一文に満足してノートを閉じる。膝の上にのせ顔を上げたとき、風が吹いて葉が降り注いだ。

「君の色」

音を立てながら落ちる葉は、どうしようもないほど綺麗で。

「俺の色」

燃えるような夕暮れを思い出させた。

「恋の色」

見るだけで心臓が苦しくなって、届かないのに手を伸ばしたくなる。

「僕らの色だ」

視界を、赤が遮った。ゆっくり目を閉じる。瞼の裏、初めて会った日の君が色づいた。夕暮れの中、こちらに手を伸ばしている。頬は染まり、眩しいくらいの輝きを放った君はずっと。

――この世界で一番美しい色彩だ。

主な参考文献

『Newton』二〇一五年一二月号（ニュートンプレス）

本書はフィクションであり、実在の人物および団体とは関係がありません。

君《きみ》が残《のこ》した365日《にち》

優衣羽《ゆいは》

2024年3月5日初版発行

発行者……加藤裕樹
発行所……株式会社ポプラ社
〒141-8210 東京都品川区西五反田3-5-8
JR目黒MARCビル12階

フォーマットデザイン 荻窪裕司(design clopper)
組版・校閲 株式会社鷗来堂
印刷・製本 中央精版印刷株式会社

落丁・乱丁本はお取り替えいたします。
ホームページ(www.poplar.co.jp)のお問い合わせ一覧よりご連絡ください。

ポプラ文庫ピュアフル

ホームページ www.poplar.co.jp

N.D.C.913/303p/15cm
ISBN978-4-591-18136-2
P8111372